모르모트

m a r m o t t e
모르모트

피피마루 지음

상상앤미디어

차례

0

프롤로그

20○○년 8월의 무더운 여름.

K대학교 의과대학의 어느 연구실.

연구실 내부의 선반에는 이름을 알 수 없는 약품들을 담은 용기들이 빼곡히 늘어서 있다. 라벨지에는 아무리 긴 시간이 지나도 외우지 못할 것만 같은 어려운 이름뿐이다. 선반을 지나 창가에는 가운을 입은 남자가 밖을 내다보며 서 있었다.

보통은 방학이라 배낭여행이다 뭐다 한창 젊음을 만끽하고 있을 20대 초반의 대학생. 오늘도 타카시는 혼자 연구실을 지키고 있다. 이제는 완전히 익숙해진 모양이다. 그의 유일한 낙은 점심시간에 이렇게 망원경으로 느긋하게 밖을 구경하는 일이다. 정확하게 말하면 특정 인물을 보기 위해서지만….

여느 때와 다름없는 도심의 거리가 타카시의 시야를 채우고 있다. 어떻게 보면 활기찬 것처럼 보일 수도 있겠지만 알고 보면 꼭 그렇지도 않았다. 점심식사를 마치고 밖을 내다보는 것이 일상이 되고 나서야 알았다. 어떠한 거리든 마찬가지일 것이다. 며칠만 자세히 관찰해보면 그저 다람쥐 쳇바퀴 돌듯 매일 똑같은 일상의 반복이라는 것을 쉽게 알 수 있다.

많은 사람들로 붐비는 곳이라고 해서 특별히 다를 건 없었다. 이곳을 지나는 대부분의 사람들은 무심히 각자의 목적지로 발걸음을 재촉하고 있다. 걷다가, 신호를 기다리고, 또다시 걸어간다. 그리고 이 거리에서 멀어져간다.

주변의 공원이나 상가도 항상 같은 모습이다. 예를 들어 저기 여행사의 사장님과 바로 옆 옷가게의 아줌마는 미묘한 관계라는 것, 이 시각, 주변에서 가장 바쁜 사람은 길모퉁이 D배달 전문 업체의 배달원이라는 것, 그런 생각을 하기 무섭게 D사의 배달원이 음식을 싣고 자동차 사이를 바쁘게 지나가고 있다. 벌써 네 번째 왕복 중이다. 잠시 후면 품종을 알 수 없는 큰 개를 산책시키는 할머니가 이제 막 공원에서 나올 시간이다. 그런 생각을 하는 찰나, 개의 머리가 보이기 시작한다.

그리고 타카시가 매일 이 시간을 목이 빠져라 기다리는 이유. 꽃가게의 아르바이트 아가씨가 식사를 마치고 화분을 정리하러 나오는 모습이다. 최근에 알게 된 바로는 타카시와 같은 학교의 경영학과 3학년 학생으로 그보다 1년 선배였다.

며칠 전에는 일부러 꽃을 사러 가서 몇 마디 대화를 나누기도 했다.

아직도 그때의 여운이 남아 있는 듯하다. 청순하면서도 어딘지 모르게 기품이 있는 미소가 생생하다. 그런 그녀가 태양이 내리쬐는 한여름의 하늘을 올려다보고 있다. 살짝 미간을 찌푸리는 모습에 타카시도 같이 미간을 찌푸려본다. 그녀가 바라보는 하늘을 타카시도 함께 바라보기 위해 시선을 옮길 때였다.

쾅!

고막에 부딪히는 강한 폭발음과 함께 몸이 휘청거릴 정도의 진동이 도시의 평온한 일상을 부숴버렸다. 타카시는 소리가 난 곳을 향해 재빨리 망원경의 방향을 바꾸었다. 폭발음은 약간의 시차를 두고 몇 번이나 더 울려 퍼졌다. 그렇게 모든 사람들의 이목을 그곳으로 집중시킨 후에야 완전히 사라졌다.

멀리서도 단번에 알 수 있을 정도의 불길이 치솟고, 내부에는 연기가 가득한 모양이었다. 아마도 번화가에서 약간 벗어난 언덕 아래의 시설에서 발생한 듯 보였다. 여러 개의 크고 작은 건물이 모여 있는 걸로 봐서 상당히 큰 규모의 시설인 듯하다. 폭발의 규모로 미루어봤을 때 상당히 많은 사상자가 나올 것 같았다.

웅성웅성

"뭐야? 지진이야?"

"대체 무슨 일이 일어난 거야?"

"미사일이라도 떨어진 거 아니야?"

"몰라! 갑자기 폭발하는 소리가 들리고 땅이 흔들렸어."

"전쟁이냐?"

사람들이 정신없이 떠들어대는 소리가 들렸다.

겁을 먹은 듯 빠르게 도망가는 사람들, 담담한 척하지만 발걸음을 재촉하는 사람들, 그저 멍하니 불길을 바라보고 있는 사람들, 특종이라도 났다는 듯 사진을 찍어대는 사람들.

아무래도 똑같은 일상의 반복이라는 말은 취소해야 할 것 같다. 적어도 오늘만큼은….

이내 요란한 사이렌 소리가 사방에 울려 퍼졌다. 소방차가 지나간다. 경찰차가 뒤따라오고 있다. 저 멀리 동쪽 하늘의 까만 점이 헬기로 변하더니 점점 커진다. 헬기는 그대로 시설까지 가서 물을 뿌리고는 왔던 길을 되돌아가고 있다.

얼마나 시간이 흘렀을까. 그리 긴 시간이 지난 것 같지는 않았지만 처음에는 우왕좌왕했던 사람들도 이제는 냉정을 찾았다. 보통 사람의 심리란 그런 것이다. 자기와 직접적으로 연관되지 않은 사건에는 이내 담담해진다.

시설까지의 거리, 추가적인 폭발의 횟수, 폭발 범위 등을 생각해 볼 때, 큰일이라는 것은 분명하지만 자신들의 안전에는 영향을 주지 않는다는 답을 내렸을 것이다. 모든 상황이 한참 떨어진 곳에 국한된 것으로 판단한 시점부터는 좋은 구경거리 혹은 남들은 겪어보지 못한 진귀한 경험담으로 바뀌어버린 것이리라.

그렇지만 시설 주변은 사정이 달라 보였다. 어쨌든 불길은 쉽게 잡힐 것 같지 않았고 말 그대로 일대를 집어삼킬 것 같았다. 간혹 추가로 폭발음이 들리기도 했다.

한 가지 이상한 점이 있었다. 정말 큰 폭발 그리고 큰 화재였다. 그런데도 아우성치는 사람들의 모습이 전혀 눈에 띄지 않는다. 마치 처음부터 아무도 존재하지 않았다는 듯이. 아직까지 건물의 어느 곳에서도 구조를 요청하는 사람의 모습을 찾지 못했다.

시커먼 연기가 하늘을 가득 덮고 있었다. 연기 사이로 불타는 건물들이 보였다. 그중 다른 건물에 비해 유독 높이 솟은 건물 하나가 눈에 띄었다. 굴뚝 같은 모습을 하고 있지만 굴뚝은 아니었다.

그런 생각을 하고 있을 즈음 그 건물의 옥상 난간에서 어떤 물체를 발견했다. 묘하게 시선을 고정시키는 힘을 지닌 물체였다. 순간 사람이 서 있나 했지만 아니었다. 난간과의 비율로 봤을 때 사람보다 훨씬 작은 무언가로 보였다. 거기에는 작은 쥐 한 마리가 두 발로 서 있었다. 마치 먼 곳을 바라보면서 깊은 생각에 잠겨 있는 듯. 어딘가를 뚫어지게 바라보는 쥐 한 마리가 서 있었다.

1
네즈의 회상

- 1 -

무언가가 웅성거리는 소리를 들었다. 꽤나 긴 시간 동안 정체를 알 수 없는 소리를 듣고 있었다. 소리가 들린다는 사실은 알아차렸지만 아직도 정신이 왔다 갔다 하는 것 같았다. 그 정도의 상황을 지각하자, 이번에는 그리 심하지 않은, 하지만 지속적으로 신경을 건드리는 두통이 나를 괴롭히기 시작했다. 다시 윙윙거리는 소리가 머릿속에서 이리저리 울려 퍼지고 있다. 마치 통증과 소리를 이용해 내가 정상적인 사고를 하지 못하도록 방해하려는 것 같았다. 그것들은 한참 동안 사라지지 않았다.

어느 순간 내 머리를 어지럽히던 것들이 조금씩 멀어져간다는 사실을 알 수 있었다. 한참을 그렇게 멍하니 누워 있었다는 생각이 들 즈음, 이번에는 주변의 소리들이 귓속을 파고들기 시작했다. 그건 그것대로 거슬렸다. 하지만 얼마 지나지 않아 내가 이해할 수 있는 언어가 되었고, 비로소 그 의미를 제대로 인식할 수 있게 되었다. 최대한 신경을 곤두세우고 들려오는 소리에 귀를 기울였다.

"이번에는 어떨까?"

맑은 목소리를 지닌 젊은 남자가 물었다.

"뭐가?"

비슷한 또래라고 생각되는 또 다른 남자의 목소리다. 상대적으로 거칠고 탁한 소리였다.

"이번에는 기대했던 결과가 나올 것 같지 않아?"

"그런 것보다 지난번 같은 일은 절대 안 돼. 이제 한계야."

"그건 그렇겠지."

대화는 거기서 멈추어버렸다. 계속해서 다음 말을 기다렸지만 아무것도 들리지 않았다. 조심스럽게 입을 열어보았다. 말을 할 수 있을 것 같았다. 용기를 내어 주변에 있을 목소리의 주인공에게 말을 건넨다.

"저기, 무슨 일이 있었던 거죠?"

찍찍찍찍

내가 말하는 것과 거의 동시에 어디선가 그런 소리가 들렸다. 어쩐지 목소리가 어느 곳에선가 막혀 내 주변을 떠나지 못한다는 느낌이다. 아무런 대답을 듣지 못한 나는 조금 더 큰 소리로 다시 한 번 질문했다.

"여긴 어디죠?"

찍찍찍

이번에도 대답을 듣는 대신 같은 소리를 들었다.

아무 반응이 없었다. 갑자기 두려움이 엄습했다. 내가 조금 전까지 들었던 목소리에 대해 생각해보았다. 최대한 차분히 상황을 파악하려 애썼다. 나는 어디선가 웅성거리는 소리에 깨어났고, 곧 그것이 사람들의 대화라는 것을 인식했다. 확실히 그랬을 터였다.

'어떻게 된 거야? 사람들이 모두 어디로 간 거지? 나는 꿈을 꾸고 있는 건가?'

일단 지금까지 있었던 일들을 정리해보자.

'….'

'뭐지? 난 누구지? 여긴 어디야? 대체 뭘 하고 있었던 거야?'

아무것도 기억이 나지 않았다. 정확히 말하면 수많은 무언가가 머릿속을 떠다니면서 잡힐 듯 잡히지 않는다는 느낌이었다. 아직도 정신이 온전하지 않은 탓일까. 흩어진 파편들을 모을 수가 없었다. 결국 아무것도 잡지 못한 채 그저 주의를 기울여본다.

이제야 뭔가 이상하다는 것을 깨달았다. 아무래도 그냥 자다 깨어난 것이 아니라는 것만은 확실했다. 양팔과 다리가 어딘가에 고정된 채 눈은 가려져 있었기 때문이다. 나는 기가 막혔다. 이런 일이 있을 수가 있는 것인가.

어떻게 이제야 그 사실을 눈치챈 것일까? 한참 동안 자신의 몸 상태조차 알아채지 못하다니, 도저히 믿을 수가 없었다. 아무리 정신이 없었다고 해도…. 사실 어쩌면 당연한 일일지도 모른다는 데 생각이 미쳤다. 지금의 나는 내 자신이 어떤 사람인지조차 기억하지 못하는 상황이다.

원래 건망증이 심하다든지, 아니면 치매 증상이 있다든지, 감각이 무디다든지…. 아무것도 알지 못했다. 기억은 잃어버렸고 몸은 누군가에게 구속되었다. 무엇 하나 내 의지대로 할 수가 없는 상황이었다. 생각을 멈추고 그저 있는 힘을 다해 몸을 움직여보았다.

들썩들썩

들썩들썩

역시나 아무 반응이 없다. 누군가가 이쪽에 관심을 기울이고 알아차려주지 않는다면 스스로 할 수 있는 일은 없어 보였다. 그저 기다리는 수밖에 없었다. 무작정 기다리는 동안 다시 한 번 곰곰이 생각해본다.

'나는….'

'나는 누구냐고!!!'

답답한 마음을 주체하지 못해 자신에게 화를 내고 있는데, 발소리가 들리더니 문이 열리는 소리가 들리고 이내 다시 닫히는 소리가 들렸다. 누군가 지금까지 여기에 있었다는 것이 분명해졌다. 어째서 내 목소리가 그들에게 닿지 않았던 걸까? 아니면 일부러 내 이야기를 못 들은 척한 것은 아닐까? 그렇다면 왜? 특별히 그럴 이유가 있을까 싶었다. 그 이전에 가장 중요한 것은 내가 왜 아무것도 기억하지 못하는가 하는 것이다. 수많은 질문이 나에게 답을 재촉하고 있었지만, 무엇 하나 시원하게 대답할 수가 없었다.

시각을 비롯한 신체의 자유를 빼앗긴 채 어둠 속에서 상당한 시간을 보냈다. 시간이 지날수록 마음속의 두려움은 커져만 갔다. 어둡고 차가운 바닥에 홀로 누워 있자니 정신에 이상이 생길 것 같았다. 이대로 누구에게도 발견되지 않는다거나, 발견하더라도 아무도 나를 구해주지 않는다면 나는 앞으로 어떻게 되는 것일까? 걱정이었다. 뭔가 방법을 생각해내지 않으면….

얼마나 시간이 흘렀을까. 다시 문이 열리는 소리가 들리고, 이번에는 아까보다 많은 수의 발소리가 들렸다. 그 소리가 점점 나에게 가까워지고 있다는 사실을 알 수 있었다. 이대로 버려진다고 생각하던 중 의외의 방향으로 일이 전개되자 그건 그것대로 너무 갑작스러웠던 것 같다.

나도 모르게 심장이 쿵쾅거리기 시작했다. 나는 정체를 알 수 없는 두려움에 소리를 지를 뻔했다. 어둠 속이었지만 확실히 느낄 수 있었다. 누군가의 손이 나의 머리를 향해 다가오고 있었다.

- 2 -

나는 뉴스를 보면서 수술 전에 가장 좋아했다는 치즈를 먹고 있다. 눈을 뜨고 벌써 일주일이 지났다. 사실 뭐가 뭔지 아직도 얼떨떨하지만 확실한 건 나는 아주 특별한, 세상에서 단 하나밖에 없는 쥐라는 것이다. 지금도 그때의 발소리를 떠올리면 아무런 이유 없이 털이 곤두섰다. 하지만 곰곰이 생각하면 할수록 창피하기도 하고 모두에게 미안한 감정마저 느껴졌다.

그날 나에게 손을 뻗어 붕대를 풀어준 사람은 모리야마 박사님이었다. 어둠 속에서 누군가의 손이 다가왔고 내 전신을 감고 있던 붕대가 풀렸다. 순간 눈이 부신 나머지 두 눈을 질끈 감았다. 힘겹게 다시 눈을 떴을 때, 나를 바라보고 있던 검은 눈동자가 뇌리에 선명하게 새겨져 있다. 희끗해진 머리를 깔끔하게 넘긴 그야말로 미중년이었다. 깡마른 체형 때문에 보기에 따라 차갑게 보일 수도 있는 얼굴이지만 항상 온화하고 친근한 미소를 머금고 있어서 함께 있으면 마음이 안정될 정도였다.

아무튼 그 모리야마 박사님으로부터 모든 것이 시작되었다. 박사님은 오히려 나에게 잘 버텨주어서 대견스럽고 고맙게 생각한다고 말씀하셨다. 모리야마 박사님은 뇌과학 분야의 권위자였다. 실제로 하등한 동물인 쥐의 뇌를 수술을 통해 비약적으로 발전시킨 것이다.

공부를 하면서 새로운 것을 배우고 인간의 말을 이해하며 스스로 생각한 대로 행동할 수 있는 의지를 부여해주었다. 바로 오늘 오전 책에서 봤던 전지전능한 신이라는 존재처럼 느껴졌다. 한편으로는 나를 사랑하고 나를 위해 모든 것을 희생할 것만 같은 아버지라는 느낌도 들었다. 그의 은혜를 어떻게 갚을 수 있을지….

연구원인 카즈야나 켄지도 모두 좋은 녀석들이다. 목소리가 탁한 친구가 카즈야, 맑은 친구가 켄지였다. 짧은 스포츠머리가 잘 어울리는 카즈야는 흔히 말하는 잘생긴 얼굴에 근육질의 몸을 갖고 있다. 게다가 사교성 있는 성격이라 누구든 쉽게 친해질 수 있을 것 같았다. 굳이 단점을 꼽자면 담배를 너무 좋아한다는 것 정도일까?

상대적으로 평범한 스타일의 켄지는 왜소하고 마른 느낌이었다. 하지만 켄지의 차분한 성격이며 꾸밈없는 말투가 왠지 모르게 친근하게 느껴졌다. 아무튼 이 둘과는 며칠 동안 하루 종일 붙어 있었던 덕분일까, 마치 오래전부터 서로에 대해 잘 알고 있었던 사이처럼 금방 친해질 수 있었다.

이곳에서의 생활도 무엇 하나 불편한 것이 없었다. 오히려 과분할 따름이었다. 수술 후 빠른 회복을 위한 영양가 높은 식단, 나만을 위한 운동 프로그램, 인간과의 소통을 위한 언어 프로그램, 보고 듣고 즐길 거리. 어떤 불만을 가질 수 있겠는가. 나에게 맞추어 계획된 조금은 빡빡한 스케줄을 제외하면 모든 것이 자유로웠다.

켄지에게 들은 바에 따르면 이곳은 보안 관계상 엄격하게 통제되고 있다. 단적인 예로 인터넷 사용 시, 극히 제한된 검색만 가능하다는 것이다. 그것 말고도 이쪽에서 주도하는 외부와의 상호작용은 거의 불가능한 것 같았다. 하지만 연구원도 아닌 나와는 거리가 있는 이야기다. 나는 현재의 생활이 무척이나 만족스럽게 느껴졌다.

지금은 TV를 통해 동물 다큐멘터리를 시청하고 있다. 하필 쥐의 생태나 쥐가 옮기는 병 따위에 대해서 주저리주저리 설명을 늘어놓고 있는 중이었다. 한참을 보고 있자니 명확히 정의할 수는 없지만 대체로 긍정적이라고 하기에는 무리가 있는 감정이 스쳐 지나갔다. 좌절, 멸시, 부끄러움, 안도 같은 수없이 많은 감정이 찰나의 시간 동안 내 안에서 소용돌이쳤다.

내가 저런 곳의 평범한 쥐였다면 이러한 기분을 느낄 수 있었을까. 절대로 그렇지 않았을 것이다. 그런 상황에 대한 파악조차 불가능했음이 틀림없다. 어디선가 쓰레기통을 뒤지며 아무것도 모른 채 먹고 자고를 반복하다 그냥 수명이 다해 죽어갔을 것이다.

'그런 것이 일반적인 쥐의 삶이란 말인가.'

거기에까지 생각이 미치니 씁쓸해졌다. 나에게 그런 일이 일어난다는 것은 상상만 해도 끔찍했다.

나는 수많은 쥐 중에서도 선택된 쥐라고 들었다. 왜냐하면 수술을 한다고 해서 다들 이렇게 살아 움직일 수 있는 것이 아닐뿐더러 지능이 비약적으로 높아지는 것도 쉽지 않기 때문이다.

나는 박사님의 예상을 훨씬 뛰어넘을 정도로 머리가 좋다고 했다. 나는 선택된 쥐였다. 세상에서 가장 많은 지식을 가진 쥐. 뉴스를 보고 책을 읽으며 세상을 알아가는 배움의 즐거움을 누리는 쥐라는 사실이 나를 뿌듯하게 한다.

수술의 결과를 검증하는 테스트가 계획되어 있었다. 그 중 가장 중요한 것이 일반 쥐들과 나를 비교하는 것이다. 매일 새로운 것을 보고 배우면서 수술을 받지 않은 보통의 쥐와 얼마나 큰 차이가 나는지 지켜보아야 한다. 시간의 흐름과 공부한 양에 따라 그 차이를 수치화하는 것이다.

"수술을 마친 뇌는 시간이 지날수록 네즈의 몸에 적응해 나갈 거야. 당분간은 머리가 더 좋아질 테고, 우리 스케줄에 맞춰 생활하다 보면 지식의 양도 점차 늘어날 거야."

켄지는 그렇게 말했지만, 머릿속에 넣은 지식이 실제로 어느 정도의 결과로 나타날지는 미지수다. 어떤 일을 많이 안다고 반드시 잘하지는 못하는 것처럼. 나는 그 결과가 약간 두렵기도 했다.

'기대한 것보다 큰 차이가 아니면 어떻게 하지? 모두를 실망시키는 것은 아닐까?'

하지만 그들은 그런 나의 걱정을 이미 알고 있었다. 내가 원하지 않는다면 테스트는 뒤로 미뤄도 괜찮다고 했다. 박사님과 켄지는 나의 속도에 맞추어 천천히 해 나가면 된다고, 조바심을 낼 필요는 없다고 격려해주었다. 나를 안심시킨 후 두 사람이 대화하는 동안 카즈야가 조용히 다가왔다. 그래도 짧은 시간 동안 최대한 많은 테스트를 하는 편이 여러모로 좋을 것이라고 귀띔해주었다. 특히 박사님에게는 그것이 매우 중요한 일인 듯했다.

사실 나도 그 정도는 알고 있었다. 이틀 전 연구비를 타내려고 사기를 치다 들통이 난 연구소 소장과 관련된 뉴스가 떠올랐다. 모두 좋은 사람들이라 나를 배려해주지만 사실 연구비라든지, 윗선의 압력이라든지, 이래저래 말하기 복잡한 그들만의 사정이 있다는 것이다.

내가 조금만 힘을 내면 모두가 행복하다. 나의 어깨에 이 연구소, 아니 우리 연구소의 미래가 달렸다. 그들이 나에게 애정을 보여준 만큼 나는 내가 할 수 있는 일을 해야만 한다. 그렇게 하는 것이 인간 된 도리라는 생각이 들었다.

'아, 인간 된 도리가 아니지. 나는 쥐니까…. 이런 경우엔 마땅한 말이 없군.'

그냥 나도 모르게 입가에 웃음이 번진다. 갑자기 기분이 좋아지고 자신감이 넘치기 시작했다. 앞발을 부딪쳐 소리를 냈다. 박수라는 것을 흉내 내어 보았다. 실제로 해보는 것은 처음이지만 양쪽 발이 부딪칠 때의 경쾌한 소리가 내 마음을 사로잡는다. 몇 번을 반복해도 질릴 것 같지 않은 느낌이었다.

나는 세상에서 가장 먼저 박수를 친 쥐였다. 앞으로도 내가 하는 모든 일에는 처음이라는 수식어가 따를 것이다. 자부심을 가져도 좋다고 생각한다. 모두의 시선이 동시에 나를 향하기를 기다렸다가 나는 큰 소리로 말했다.

"아무 때나 시작해도 괜찮아요. 마음의 준비는 모두 끝났습니다."

모리야마 박사님, 켄지 그리고 카즈야. 모두 환한 얼굴로 나를 쳐다보았다. 한껏 기대에 부푼 모습이다. 역시 부담스럽다. 조금은 긴장된 표정으로 다시 한 번 말했다.

"당장이라도 괜찮아요."

- 3 -

다음 날 이른 아침. 평소보다 조금 일찍 일어나 방 안에서 가벼운 운동으로 몸을 풀었다. 내 방은 켄지나 카즈야의 방과 같은 크기였다. 다만 내부의 각종 가구며 시설 등은 차이가 있었다. 침대, 운동 기구, 놀이 공간 같은 모든 것이 나를 위한 것이었다. 크기를 줄인 것은 물론이고 운동 기구 중 다람쥐 쳇바퀴만 해도 운동 시간이나 속도가 표시된다.

스케줄에 맞춰 켄지가 찾아왔다. 오늘 있을 테스트에 대해 상세하게 설명해주었다. 처음이기 때문에 가벼운 몸 풀기라고 생각하고 편하게 하라는 조언도 잊지 않았다. 간단한 미로 찾기부터 시작한다고 했다.

나는 시간이 다가오자 걱정스레 말했다.

"그래도 긴장되는걸."

켄지가 대답했다.

"잘 들어봐, 네즈. 이건 너한텐 정말 아무것도 아니야. 전혀 긴장할 필요가 없어. 내가 보증한다니까."

어제 연구소의 모두가 고민하여 '네즈'라는 이름을 지어주었다. 굉장히 마음에 들었다. 나에게도 모리야마 박사님, 켄지, 카즈야처럼 네즈라는 나만의 이름이 생겼다. 나도 그들의 일원이 되었다. 얼마 전까지만 해도 그냥 쥐일 뿐이었는데. 그런 감회에 젖어 있는 나의 모습을 보고 켄지는 무슨 생각을 했는지 다시 한 번 나를 안심시키듯이 말했다.

"우린 오히려 이 세상에서 하나뿐인 위대한 쥐에게 이러한 시험을 치르게 하는 것이 맞는가 하는 생각을 하고 있어. 실수만 하지 않으면 전혀 문제없을 거야."

그렇다. 실수만 하지 않도록 신중하게 하면 된다. 그것뿐이다. 아무런 문제도 없을 것이다. 내가 평범한 쥐를 이기지 못할 이유가 없었다. 생각해볼 가치도 없는 이야기였다.

"응, 고마워."

켄지가 나를 이동 상자에 넣고 테스트실로 이동했다. 이동 상자는 아기 방처럼 꾸며놓았다. 내 키보다 약간 높은 상자 안에는 침대, 간식, 모니터 등이 있었다. 이동하는 동안 나는 침대에 비스듬히 누워 앞발로 모니터를 몇 번 터치했다. 화면에는 어제 밤늦게까지 읽고 있던 '어린이를 위한 위인전기'라는 책이 표시되었다.

테스트실에 들어서니 카즈야가 먼저 도착해서 세팅을 하고 있었다. 아직 박사님이 도착하지 않았기 때문에 조금 기다렸다 시작하기로 했다.

'별일이네. 어제 늦게 주무신 건가?'

그런 생각을 하면서 모니터에 다시 앞발을 갖다 댔다. 10분 정도 지나서 박사님이 도착했다. 평소에 볼 수 없던 초췌한 모습이었다. 언제나 밝은 표정과 애정 어린 눈초리에 익숙해졌기 때문일까. 나는 처음 보는 박사님의 모습에 이질감을 느꼈다. 기분 탓인지 괜히 천장의 LED 불빛까지 어두워 보였다. 이런 건 심리적인 요인이 크게 작용한다고 어느 책에선가 본 것 같다. 걱정스러운 표정으로 위를 올려다보며 인사를 했다. 그리고 안부의 말을 덧붙이는 것도 잊지 않았다.

"박사님, 어쩐지 피곤해 보여요. 몸은 괜찮으세요?"

박사님이 큰 소리로 웃으며 대답했다.

"하하하. 이런, 내가 괜히 네즈 군을 걱정시켰나 보네."

박사님은 최근 새로운 연구 때문에 조금 피곤할 뿐 전혀 걱정할 것 없다며 최대한 온화한 표정으로 나를 안심시켰다. 여전히 눈가에 다크서클이 짙게 드리운 얼굴로 말했다.

"나는 네즈 군을 믿고 있어. 네즈 군의 성장이 바로 나의 보람이라네."

"지금 보여드릴게요."

나는 웃으면서 대답했다.

'모두가 내 편이야. 걱정할 것 없어.'

그런 생각을 하는데, 투명한 박스 안으로 넣어졌다. 카즈야가 세팅할 때 보던 것과는 달리 박스의 높이가 상당해서 약간의 압박감이 느껴졌다. 투명한 박스 안에서 출발 신호를 기다리면서 주변을 살펴보았다. 양옆과 뒤쪽의 벽은 투명하지만 미로로 연결되는 정면의 벽은 회색이다. 그 중앙에는 미로의 도면이 그려져 있다.

'뭐야 간단하잖아.'

안도의 한숨을 내쉬면서 머릿속에 출구로 가는 길을 스캔해두었다. 그리고 이미지 트레이닝을 해보았다. 미로에 대한 이해도, 내 다리의 빠르기를 토대로 계산해보건대 10초도 걸리지 않을 문제다.

"오른쪽, 왼쪽, 오른쪽, 다시 오른쪽, 한 번 건너뛰고, 왼쪽, 오른쪽, 그런 다음 계속 직진해서 오른쪽으로 고개를 돌리면 출구인가."

내가 중얼거리는 모습을 지켜보던 켄지가 약간 놀란 표정을 지었다.

나는 그런 켄지를 보며 앞발을 움켜쥐고 엄지발가락을 들어올렸다. 그러고는 사람들이 하는 대로 흉내를 내어보았다.

따봉!

순간 켄지의 눈이 더 이상 커질 수 없을 정도의 크기로 동그랗게 올라가더니 이내 큭큭거리면서 따봉으로 화답했다.

그 옆에는 이 미로가 시작되는 문으로 보이는 칸막이 같은 것이 있었다. 아마도 시작과 동시에 위로 올라가는 구조로 되어 있는 것 같다. 왼쪽으로 고개를 돌리니 상대편 쥐가 정면을 응시하면서 고개를 갸우뚱거리는 모습이 보인다. 물론 네 발로 기는 자세다.

'흥, 뭘 안다는 듯이 쳐다보는 거야.'

경멸스러운 눈초리로 녀석을 쳐다보았다. 그런 나의 생각을 아는지 모르는지 여전히 멍청한 표정으로 앞만 보고 있다. 녀석과의 차이를 확실히 보여주겠다고 다짐하면서 다시 한 번 스스로에게 말했다.

'나는 저런 것들과는 차원이 다르다고!'

3, 2, 1, 삐익!

문이 열림과 동시에 네 발이 땅에 닿도록 몸을 낮추고 재빠르게 출발했다. 조금 전에 외운 미로가 머릿속에 그림처럼 떠올랐다. 최대한 빠르게 몸을 움직였다. 오른쪽, 왼쪽, 오른쪽, 다시 오른쪽, 한 번 건너뛰고, 왼쪽, 오른쪽, 그런 다음 계속 직진. 마지막으로 오른쪽으로 고개를 돌렸다. 예상대로 거기에는 출구가 있었다. 아무런 막힘 없이 출구에 도착했다. 분위기를 보니 옆의 쥐는 아직 도착 전인 것 같았다.

모두들 깜짝 놀란 것처럼 보였다. 다들 입을 다물지 못하고 있는 모습이 우스꽝스럽다. 켄지가 외쳤다. 그답지 않은 소란스러운 모습이었다.

"9초 56이에요! 9초 56! 믿어지시냐고요, 박사님."

켄지는 카즈야의 어깨를 잡고 다시 한 번 소리쳤다.

"카즈야! 뭐라고 말 좀 해봐."

그제야 카즈야도 상기된 표정으로 말했다.

"정말 믿기 힘드네. 벌써 3년이야. 이곳에 갇혀 지낸 지도. 이런 건 본 적도 없어."

박사님이 모두의 마음을 대변하여 마무리했다.

"완벽해. 드디어 우리는 해낸 거야. 드디어…."

너무 기뻐서였을까, 피곤해서였을까, 박사님의 얼굴에는 묘한 표정이 스쳐 지나갔다. 기쁨인지, 안타까움인지, 슬픔인지 또는 분노인지. 인간사의 희로애락을 모두 합쳐놓은 것 같은 분간하기 어려운 그야말로 묘한 표정이었다. 오늘의 박사님은 여러모로 낯선 사람 같았다.

"심리적 요인, 심리적 요인."

나는 그렇게 중얼거리며 스스로를 납득시켰다.

- 4 -

그 뒤로도 몇 번이나 비슷한 테스트를 진행했다. 이제는 그런 시시한 미로 따위는 눈을 감고도 지나갈 수 있다. 애초에 저런 건 사물의 용도조차 이해할 수 없는 멍청한 동물을 대상으로 한 테스트다. 고차원적 지식을 가진 나에게는 맞지 않았다.

나는 날마다 TV, 책, 신문, 인터넷과 같은 다양한 매체를 통해 지식을 습득하고 있었다. 지금까지의 경험상 나는 한 번 본 내용은 처음 봤을 당시의 모습 거의 그대로 내 머릿속에 저장해두는 것이 가능하다. 이론상으로는 무한한 지식을 내 머릿속에 쌓아두고 필요할 때 꺼내어 볼 수 있다는 이야기가 된다.

켄지에게 가장 먼저 그런 이야기를 꺼냈을 때, 그는 곰곰이 생각하더니 이렇게 말했다.

"내 생각에 네즈는 확실히 천재야. 마치 슈퍼컴퓨터 같아."

그렇게 말한 뒤, 잠시 나의 표정을 살피고 말을 이어갔다.

"두뇌의 수준은 고성능 컴퓨터의 CPU인데다, 그 용량은 아직 아무것도 저장하지 않은 대용량 하드 디스크와 같은 상태가 아닐까? 그렇기 때문에 모든 것을 금방 이해하고 장기적으로 기억하는 것까지 가능하다고 생각해."

확실히 그런 것 같다. 슈퍼컴퓨터라…. 크게 와 닿는 단어는 아니지만 사람들이 생각하는 이미지를 떠올려본다면 기분 좋은 이야기임에는 틀림이 없었다.

그런데 켄지는 마지막에 약간 신경이 쓰이는 말을 덧붙였다.

"아무튼 내 생각은 그래. 근데 네즈, 이 이야기를 누군가에게 했어?"

내가 아무렇지 않게 대답했다.

"아직. 켄지에게 처음 말하는 거야."

켄지는 최대한 담담한 표정을 지으며 나에게 말했다.

"그렇다면 다른 사람에게는 천천히 말하도록 하자. 몇 가지 마음에 걸리는 일이 있어서 말이야."

켄지가 그런 말을 한 이유는 알 수 없었지만, 그 표정이 왠지 억지스럽다는 느낌이 들었다. 하지만 굳이 이유를 따지고 들기도 좀 이상한 것 같아서 그러겠다고 대답했다.

'뭐, 켄지랑 가장 많은 시간을 보내고 있기도 하고, 모리야마 박사님이나 카즈야는 따로 물어보지도 않았으니 상관없겠지.'

그 두 사람은 박사님이 이전에 이야기한 새로운 연구라는 것 때문에 눈코 뜰 새 없이 바쁜 모양이었다. 새로운 연구가 중요하다고 해서 나를 방치할 수는 없기 때문에 켄지는 연구에서 빠진 것 같았다. 박사님도 직접 나를 찾아와 앞으로 켄지와 더 많은 시간을 보내게 될 것이라고 했다.

자식과 같은 나와 잠시도 떨어져 있기 싫지만 자신의 일에 소홀할 수 없음을 이해해달라고 했다. 자식과 같다는 말에서 따스한 온기 같은 것을 느꼈다. 나를 다시 태어나게 만든 건 모리야마 박사님이다. 서로를 아버지와 자식으로 느끼는 것이 당연한 일일지도 모른다.

나는 모리야마 박사님을 존경한다. 자신의 분야에서 완벽한 모습을 가지고 있으면서도 한편으로는 인간적인 면까지 갖추고 있다. 언제나 자상한 부모의 얼굴로 나에게 다가온다. 눈을 감고 그 모습을 다시 떠올려본다. 모리야마 박사님, 자상한 부모. 갑자기 지금까지 갖지 못했던 의문이 떠올랐다. 모리야마 박사님에게 가족이 있었던가?

가족과 몇 년씩이나 떨어져서 지내고 있다고 생각하니 안타까운 마음이 들었다. 남편과 아버지를 그리워할 가족. 가족은 박사님을 이해할 수 있을까? 세상을 위해 누구보다 중요한 일을 하고 있다는 것을 알고 있기 때문에 막을 수는 없을 터였다. 박사님은 가족에게 어떤 사람일까?

비단 모리야마 박사님뿐만이 아니다. 나는 사실 모두의 겉모습만 알고 있을 뿐이다. 켄지와 카즈야도 지금껏 다른 누군가와 관계를 맺고 살아왔을 터였다. 그 상대방에게 비춰진 켄지와 카즈야의 모습 그리고 내가 느껴온 두 사람의 모습은 얼마나 일치할까.

그런 생각을 하고 있을 때 카즈야가 내 방으로 들어왔다. 카즈야는 최근 들어 부쩍 말수가 줄어든 모양새다. 한참을 이야기하는 동안 연구가 중간에서 막혀 처음부터 다시 시작해야 할지도 모른다는 푸념을 하기도 했다. 항상 밝은 녀석이라고 생각했는데 이런 면도 있었다. 역시 나는 아직 이들에 대해 모르는 것투성이다.

게다가 인간의 성격이란 건 한마디로 정의할 수 있는 게 아니라고 알고 있다. 한 사람을 이루는 가장 주가 되는 성격이 있고 그 변두리에 이런저런 소소한 부분들이 모여 한 인격을 형성하는 것이리라.

요즈음 카즈야는 심리적인 부담감 때문인지 그런 소소한 부분들이 변두리에서 중심으로 치고 올라오는 것 같다. 어쩐지 안쓰럽게 느껴졌다. 그렇다. 모두의 겉모습밖에 알지 못한다고 해서 소심해지기보다는 그들을 좀 더 이해하기 위해 노력하는 것, 그렇게 서로를 알아가는 것이 진정한 친구일 것이다. 그렇게 생각하며 진심을 담아 말했다.

"카즈야, 그 연구 말인데…. 내가 뭐 도울 일은 없을까?"

카즈야는 허를 찔렸다는 표정을 짓더니 이내 웃으며 말했다.

"하하하, 네즈! 넌 역시 좋은 놈이야."

그러면서 진지한 눈빛을 하고 말을 이어갔다.

"마음은 너무 고마워. 그런데 말이야. 이건 네즈가 이해하기는 힘든 문제거든. 네즈는 아직 의학적인 지식이 거의 없는 상태라고 할 수 있으니까 말이야. 이 분야의 전문가들에게 맡겨둬."

정말 그 말대로라는 생각에 신음하듯 소리가 새어나왔다.

"음…."

카즈야는 손가락으로 내 머리를 쓰다듬으며 말했다.

“두 다리로 서서 턱을 손에 괴고 고민할 필요까진 없어. 네즈는 우선 네즈의 일을 하면 돼. 그럼 또 올게.”

카즈야는 이렇게 말하면서 뒤로 돌아섰다. 그는 손을 흔들면서 밖으로 나갔다.

멀어지는 카즈야의 모습을 보면서 중얼거렸다.

“네즈의 일이라. 내 일이라는 게 대체 뭐지?”

갑자기 그런 의문이 들었다. 딱히 생각해본 적이 없었던 것 같다. 무조건 많은 것을 알고 싶다고 생각한 것뿐이었다. 그냥 수술이 끝나고 깨어난 후부터 무작정 이것저것 배워 나가고 있었다. 무엇 때문에 그렇게 한다는 생각을 할 겨를도 없었다고 해야 할까. 하지만 단순히 배움을 계속해 나아가는 것 자체가 일이 될 수는 없지 않은가.

“어째서 배우고자 하는 욕망이 나의 머리를 가득 채우고 있었던 걸까. 주변의 아무것도 파악하지 못할 정도로. 그렇게 배운 것들로 나는 무슨 일을 하고 싶었던 걸까?”

이유를 알 수 없는 두통이 밀려왔기 때문에 나는 깊이 생각하는 것을 잠시 멈추기로 했다. 아직 그럴 겨를이 없었던 것뿐, 차차 생각해 나가면 된다고 스스로를 다독였다. 갑자기 이전에 느껴보지 못한 피로가 온몸을 짓눌렀다. 눈꺼풀이 무겁다.

“그래, 아직 그럴 겨를이 없었을 뿐이야.”

그렇게 중얼거리며 눈을 감았다.

- 5 -

여느 때와 다름없이 미로를 달리고 있었다. 다른 점이 있다면 이번 미로는 이상하게도 내 계산대로 빠져나갈 수가 없었다. 오차는 없었을 텐데…. 한 번도 이런 일이 없었기 때문에 나는 적잖이 당황했다. 분명히 여기서 오른쪽으로 돌면…. 이럴 수가! 이번에도 막다른 길이다. 이 미로에서만 벌써 세 번째였다. 지금껏 어떤 미로에서든 길을 잘못 든 적이 없었다. 모두의 당황한 얼굴이 눈에 훤하다. 다시 돌아가서 이렇게 나가면….

'어라? 이럴 리가 없는데….'

그렇게 생각하면서 본능적으로 위를 올려다보았다. 뭔가 이상했다. 아무도 없었다.

"켄지! 카즈야! 박사님!"

나는 고래고래 소리를 질렀다. 돌아온 것은 고요함을 깨뜨리는 시계 초침 소리밖에 없었다. 잠시 어딜 간 건가? 그럴 리가 없다. 아니, 사실 지금까지 한 번도 출구에 도착하기 전에 위를 올려다본 일이 없었다. 그렇다면 이전에도 아무도 없는 곳에서 쭉 나 혼자 달리고 있었던 건지도 모른다.

'뭐지?'

갑자기 하늘에 어둠이 드리운다고 생각하던 순간 모두의 얼굴이 나를 향해 다가오고 있었다.

'뭐야, 놀랐잖아.'

켄지! 카즈야! 박사님! 그리고 오른쪽에 누구? 처음 보는 얼굴이었다. 아니, 정확하게 말하면 얼굴이 보이지 않았다. 얼굴이 있어야 할 자리에 그냥 시커먼 소용돌이가 몰아치고 있다는 느낌이었다.

'나는….'

얼마 전부터 계속 신경 쓰이게 하던 사실이 다시 나를 불안하게 만들었다. 나는 이 사람들에 대해 알고 있는 것이 거의 없다. 아직 모두와 알게 된 지 한 달도 되지 않았다. 다시 위를 올려다봤을 때 나는 두려움에 몸을 떨었다. 모두의 눈에서 지금까지 보지 못한 차가운 눈빛을 보았다.

그때였다. 모리야마 박사님의 손이 천천히 나에게 다가왔다. 내가 수술을 마치고 의식을 되찾은 그날도 이러한 장면이 있었던 것 같은 기분이 들었다. 전신의 털이 곤두서는 것을 느꼈다. 두려움을 이기지 못해 소리를 질렀다. 몸이 솟아오르는 것을 느끼는 동시에 강렬한 빛이 눈을 파고들었다.

헉헉헉!

나의 입은 가쁜 숨소리를 뿜어내고 있었다.

켄지가 옆에서 걱정스러운 표정으로 나를 보고 있었다. 내가 진정되기를 기다리던 켄지가 조용히 말했다.

"괜찮아? 네즈, 상당한 악몽이었나 봐."

지나가다 잠시 들어왔는데, 이른 시간에 잠이 든 것도 그렇지만, 가위에 눌린 모습인 것 같아서 막 깨우려던 참이었다고 한다. 조금 전의 꿈이 생생하게 다시 살아났다. 나는 무의식적으로 켄지에게서 시선을 돌렸다. 켄지는 그런 나의 모습을 보고 이상하게 생각했는지 한마디를 건넸다.

"왜 그래? 어디 안 좋아?

나는 고개를 숙였다. 켄지는 나의 대답을 기다리는지 아무 말도 하지 않고 그저 옆에서 지켜보고 있었다. 한참 뜸을 들인 후 켄지를 불렀다.

"저기, 켄지."

켄지가 내 눈을 똑바로 쳐다보며 대답했다.

"응, 말해봐."

나는 최근 들어 계속해서 내 머리를 복잡하게 뒤흔들었던 우리의 관계에 대한 생각과 조금 전 꿈에 대해서 간략하게 설명했다.

켄지는 대수롭지 않은 일이라는 듯 웃으며 말했다.

"뭐야, 그런 거였어?"

그는 내 눈동자를 들여다보면서 덧붙였다.

"내가 네즈였다면, 역시 그럴 수도 있겠다는 생각이 들어."

켄지의 생각은 이랬다. 나는 나의 과거, 즉 쥐로 살아온 날을 기억하지 못한다. 또한 연구소 식구들의 과거도 알지 못한다. 반면에 연구소의 식구들은 수술 이전의 내 모습 그리고 서로에 대한 일을 훨씬 더 많이 알고 있었다. 상황이 그러하다 보니 답답함을 느낄 수도 있다는 것이다. 어느 정도 수긍이 가는 말이었다. 여전히 고개를 숙이고 있는 나를 보던 켄지가 말했다.

"자, 그럼 이렇게 하면 어떨까?"

내가 고개를 들자 켄지는 말을 이어 나간다.

"연구소를 둘러보는 거야. 그리고 우리에 대해 궁금한 걸 나한테 물어봐. 내가 아는 선에서 대답해줄게. 그럼 최소한 내가 아는 부분만큼은 너와 공유할 수 있겠지?"

그의 배려에 진심으로 감사했다. 그 마음을 담아 대답했다.

"고마워, 켄지."

막연한 걱정이고 두려움일 뿐이다. 누군가와의 친분 관계는 억지로 만들려고 하거나 많은 정보를 수집한다고 해서 갑자기 좋아지는 것이 아니다. 시간을 두고 서로에 대해 자연스럽게 알아가면 될 일인 것이다. 몇 명 되지도 않는 사람들 속에서 혼자만 멀리 떨어져 있다는 생각 때문에 너무 조급했던 것 같다. 그렇지만 어차피 말이 나온 김에 내일부터는 연구소를 둘러보자고 했다.

켄지가 자기 방으로 돌아간 후에도 나는 들뜬 기분을 가라앉히지 못했다. 처음으로 테스트라는 나의 업무 외적인 일로 외출을 하는 기분이었기 때문이다. 나에게는 딱히 어린 시절에 대한 기억이 존재하지 않았지만 소풍을 기다리는 어린아이의 마음이 바로 이런 것일 거라고 생각했다.

- 6 -

아침 일찍 일어나 켄지를 기다리고 있었다. 오늘은 켄지와 함께 연구소를 둘러보기로 한 날이다. 어디 먼 곳으로 여행을 떠나는 것도 아닌데 괜히 들뜬 상태였다. 샤워를 한 후에 머리를 빗고 있다. 이런 모습을 멀리 떨어진 곳에 있는 사람들이 본다면 100퍼센트 쥐가 앞발로 머리를 만지고 있는 것으로 보일 것이다.

하지만 센스 있는 누군가가 가까운 곳에서 바라본다면 털의 방향이 살짝 바뀌면서 생기는 미묘한 차이를 잡아낼지도 모르는 일이다. 과연 켄지에게 그런 센스가 있을 것인가. 어차피 지켜보는 사람 따윈 없다는 사실을 알고 있는데도 괜히 기분을 내고 싶었다.

똑똑.

나는 노크 소리에 평소보다 빠르게 반응했다. 자리에서 벌떡 일어나 상기된 목소리로 외쳤다.

"어서 들어와, 켄지!"

문이 열렸다. 그런데 그 자리에는 켄지가 아닌 카즈야가 서 있었다.

나는 의아하다는 듯이 말했다.

"어? 카즈야? 무슨 일이야?"

그러자 조금은 서운해하는 목소리로 카즈야가 대답했다.

"야, 너무 티내는 거 아니냐. 내가 들어와서 그렇게 실망했어?"

나는 전혀 그렇지 않다고 손사래를 쳤다.

"아냐, 아냐. 오늘 켄지랑 약속이 있어서."

카즈야가 웃으며 말을 이었다.

"사실 그것 때문에 왔어. 지난번에 막히는 부분이 있다고 했잖아. 켄지가 그걸 해결할 수 있을 것 같아서. 켄지는 박사님과 함께 연구실에 있어. 그래서 내가 대신 온 거야."

특별한 생각 없이 입 밖으로 소리가 새어나왔다.

"흐음…."

그러자 카즈야는 익살스러운 표정을 지었다.

"네즈, 습관이야. 일어서서 턱에 손을 괴고 신음 소리 내는 거."

나는 쑥스러운 기분에 머리를 긁적였다.

"하하, 내가 그랬나."

카즈야는 우리가 방을 나서기 전에 지켜야 할 몇 가지 주의사항을 일러주었다.

1. 기본적으로는 카즈야와 항상 함께 있을 것.

2. 길을 잃어버릴 것에 대비해 반드시 목걸이를 착용할 것.

3. 잠이 오면 미리 말할 것.

4. 내가 아닌 다른 쥐가 보이면 카즈야에게 알릴 것.

아직 나를 너무 어린애 취급하는 것 같아서 마음에 들지 않는 부분이 없지는 않았지만, 대체로 수긍할 수 있는 내용이었다. 아무래도 수술 후에 급격한 변화를 겪고 있는 내가 보통의 사람과 같다고는 할 수 없으니까 말이다. 뭐, 실제로 쥐이기도 하고. 어쨌든 나는 뛰어난 지능을 갖고 있는데다 내 나름대로 어른스러운 부분이 있기 때문에 이 모든 상황을 충분히 이해할 수 있다.

그럼에도 카즈야는 나를 배려하는 마음에서인지, 나를 납득시키기 위해 앞에서 언급한 주의사항을 일일이 이유를 들어가며 설명해주었다. 연구소를 잘 알고 있는 카즈야가 안내 역할을 하기 때문에 1번 주의사항은 당연한 내용이다. 하지만 카즈야는 그런 것까지 설명했다.

'배려가 지나치다고, 카즈야.'

2번. 내가 단순히 길을 잃어버렸다고 해서 크게 문제될 것은 없겠지만, 연구소에는 약품이나 잘못 손을 대면 문제가 발생할 소지가 있는 물건들이 존재한다. 그렇기 때문에 처음 보는 곳에서 혼자가 되는 일이 생긴다면 바로 해결하려고 하기보다는 자기를 믿고 무조건 그 자리에서 기다려달라는 것이다. 실수로라도 연구소에 폐가 되는 일을 해서는 안 된다. 당연히 그러겠다고 했다.

3번. 이 부분에 대해서 처음 들었을 때는 무슨 말인지 이해할 수가 없었다. 잠이 오다니. 하지만 나는 큰 수술을 치른 몸이다. 실제로 내가 받은 뇌수술의 경우 지속적인 두통, 갑작스러운 수면 욕구, 일시적 기억상실과 같은 후유증이 있을 수 있다고 한다. 따라서 갑자기 졸음이 오거나 잠이 드는 정도의 일은 언제든 일어날 수 있다는 것이다.

그러고 보니 최근에도 그런 일이 있었다. 두통이 몰려온 직후에 잠에 빠져버렸다. 켄지가 나를 찾아왔기 때문에 그에게만 일단 언급해두었다. 카즈야가 말한 후유증이란 것과 관계가 있는지는 아직 알 수 없기 때문에 그냥 가만히 듣고만 있었다. 일단은 조심해야겠다고만 생각했다.

4번. 이전에 켄지의 실수로 잃어버린 쥐가 몇 마리 있었다고 한다. 그런 일이 자꾸 발생하는 것은 곤란한 일이었다. 특히 연구소의 책임자인 모리야마 박사님과 당사자인 켄지에게는 뼈아픈 일이었다고 한다. 두 사람이 곤란해하는 표정을 떠올리니 그 쥐들을 향한 적대감이 꿈틀거렸다. 하루빨리 되찾기를 바랐다.

오늘 만나게 될 가능성은 적겠지만, 우연히 내가 아닌 다른 쥐를 발견하게 된다면 바로 알려달라는 것이다. 한 가지 중요한 사실을 덧붙였다. 상당히 공격적인 성향을 가진 녀석들이다 보니 섣불리 접근하다가는 낭패를 볼 수 있다고 했다. 나는 내 동족의 멍청함에 또 한 번 치를 떨며 생각했다.

'이런 멍청한 쥐새끼들 같으니, 분에 넘치는 특권을 누릴 수 있는 기회를 날렸다는 사실을 알고나 있을까?'

- 7 -

드디어 출발이다. 이동 상자가 아닌 카즈야의 어깨에 올라타고 이동하기로 했다. 거절하지 않고 그의 어깨를 밟고 올라섰다. 앞으로 나아가고 있는 사람의 어깨 위에서 두 다리로 일어서려고 하니 균형을 잡기 힘들었다. 한쪽 앞발을 카즈야의 머리에 살짝 갖다 댔다.

"괜찮아?"

카즈야는 무슨 그런 당연한 걸 물어보냐는 표정으로 대답했다.

"물론이지."

방을 나서면서 나도 모르게 휘파람을 불기 시작했다. 카즈야는 놀란 표정으로 그런 것도 할 수 있냐면서 고개를 절레절레 흔들었다. 카즈야는 휘파람을 불지 못한단다. 나는 우쭐해서 고개를 한껏 치켜들고 주위를 둘러보았다. 쥐라도 미끄러져 넘어질 것만 같은 깨끗한

복도를 지나고 있다. 나는 이내 실망했다. 앞을 봐도 여전히 아무것도 없는 그냥 복도였다.

지금에야 깨달았다. 고차원적인 연구와 고난이도의 수술이 이루어지는 시설의 복도였다. 더러운 것이 오히려 더 부적절한 상황일 것이다. 내심 나의 어리광에 맞추어주고 있는 켄지와 카즈야에게 미안한 마음이 들었다. 이런 최첨단 연구소에서 넌 도대체 뭘 기대한 거냐고 내 자신을 탓하고 있다.

너무 이랬다저랬다 하는 건지도 모르지만, 첫 번째 방에 들어서는 순간 다시 마음이 바뀌어버렸다. 이번에는 그런 연구소답게 최신 설비와 고가의 장비가 늘어서 있었다. 역시 와보길 잘했다고 생각했다. 어리광이 아니다. 나는 이런 것을 기대한 거라고 생각하며 미소를 지었다. 카즈야가 그런 내 마음을 읽었는지 미소로 화답하며 천천히 둘러보라고 말해주었다.

나는 쉴 새 없이 질문을 퍼붓기 시작했다.

"카즈야, 카즈야, 이건 뭐야? 여기 이 커다란 건? 아, 나 이거 알아. 의학 잡지에서 봤어. 현미경이란 거잖아. 실물로 보는 건 처음이야. 아, 이것도 실물로 보는 건 처음이야. 카즈야, 이것 좀 만져봐도 돼?"

카즈야는 귀찮을 법도 한 나의 끝없는 질문에 싫은 내색 없이 친절하게 답해주었다. 나는 완전히 들떠서 작은 몸을 이끌고 정신없이 돌아다니고 있었다. 착실하게 따라오던 카즈야도 빠르게 움직이는 내 속도에 맞추기가 힘이 들었나 보다. 조금 지친 기색으로 의자에 앉으며 말했다.

"네즈, 정말 체력 좋네. 나는 좀 쉬고 있을 테니 둘러보고 말해줘."

그러겠노라고 대답하고 계속해서 분주하게 돌아다녔다. 이제 더 볼 것이 없을 정도로 구경했다고 생각하면서 카즈야에게 다가가는 도중 이상한 것을 발견했다.

'이것도 연구와 관련된 것일까?'

컴퓨터 본체 뒤편의 벽면에는 작은 다이얼이 달려 있었다. 나와 같은 작은 몸집이 아니었다면 발견하기 어려울 정도의 위치와 크기였다. 가까이 다가가 보았다. 자세히 살펴보니 몸을 웅크린 어른이 겨우 들어갈 넓이의 사각형에, 둘레에는 아주 미세한 틈이 보였다.

'문인가? 이 안에는 뭐가 들어 있는 걸까?'

아무래도 허락 없이 건드리는 것은 매너가 아니라는 생각에 그곳을 앞발로 가리키며 말했다.

"카즈야, 여기…."

거기까지 말했을 때였다. 다급한 카즈야의 목소리가 방 안에 울려 퍼졌다.

"거긴 안 돼!"

나는 거의 고함에 가까운 큰 소리에 깜짝 놀라 멈칫했다. 놀란 눈으로 카즈야를 올려다보았다.

"아, 놀랐지? 미안해. 모리야마 박사님의 개인 연구 기록을 보관하는 장소라서 우리도 함부로 건드릴 수가 없어."

카즈야가 놀란 것도 무리는 아니라고 생각했다. 다른 사람도 아닌 모리야마 박사님의 물건이라지 않은가.

"아냐, 너무 들떠 있었던 것 같아. 괜히 카즈야의 입장이 난처해질 뻔했네. 미안해."

"네즈의 잘못이 아니야. 어차피 나도 다이얼 번호를 모르는데 그렇게 반응할 필요가 없었어. 미안."

"하하, 계속 미안하다는 이야기만 하게 되네."

"그러게. 그냥 비긴 걸로 하고 다음 방으로 이동할까?"

"오케이."

내가 엄지와 검지로 원을 만들며 대답하자 카즈야가 씨익 웃으며 문을 열었다. 웃고는 있지만 빨리 이 방의 무거운 공기로부터 벗어나고 싶은 기분이었다. 두 번째 방부터는 어쩐지 조심스러워져서 그냥 멀찌감치 떨어져서 구경할 수밖에 없었다. 그저 눈으로 한 바퀴 쭉 둘러보는 것으로 만족할 생각이었다. 그런데 보면 볼수록 그런 장비들에 관심이 가는 것을 멈출 수가 없었다.

두근두근

두근두근

심장의 떨림이 멈추지 않는다. 가슴 부위에 앞발을 올렸다. 콩닥콩

닥 심장이 뛰는 느낌이 앞발에 고스란히 전해졌다.

'대체 이게 무슨 일이지? 이것도 후유증인가?'

방으로 돌아와서 샤워를 하고 자리에 누웠다. 자기 전에는 항상 치즈를 입에 물고 하루를 돌아보는 시간을 갖는다. 아주 잠깐 동안 카즈야의 반응에 대해 생각한 다음에는 계속해서 연구실의 설비나 장비가 떠올랐다. 아무래도 오늘 낮에 느낀 심장의 떨림은 의학 장비를 보고 흥분한 탓인 듯했다.

내가 하고 싶었던 일은 바로 이런 것과 관련이 있을지도 모른다고 생각했다. 잠이 오지 않았다. 다시 두근거림을 느낀다. 나는 아직 환자이기 때문에 스케줄이 비교적 엄격했다. 특히 휴식에 관해서는 더욱 그러했다. 취침 시간이 지나면 난방을 제외한 모든 전원의 공급이 중단된다고 했다. 현재 시각은 8시 30분. 취침 시간까지 앞으로 30분 남았다. 나는 들뜬 마음을 주체하지 못하고 의학 관련 서적을 검색하기 시작했다.

- 8 -

어젯밤에는 쉽게 잠을 이루지 못했다. 취침 시간이 훌쩍 지나고 전원 공급도 벌써 끊어져 아무것도 할 수 없는 시간이 된 뒤에도 계속해서 뒤척이다 겨우 잠이 들었다. 카즈야와의 일은 이미 기억의 저 깊숙한 곳에 묻어둔 지 오래다.

일전의 악몽을 제외하면 꿈을 꾼 적이 거의 없었다. 어제는 간만에 아주 생생한 꿈을 꾸었다. 아마도 의학 서적을 검색하고 거기에 대한 생각이 머릿속에 가득 찬 상태로 잠들었기 때문일 것이다. 어떤 절차를 통해서인지 내가 연구소의 직원이 되어 연구에 참여하고 있었다. 제법 어울리는 가운을 걸치고 의견을 제시하고 있었는데, 그때의 분위기로는 모두가 놀랄 만한 내용이었던 것 같았다.

아침부터 검색을 시작했다. 켄지가 내 식사를 가지고 왔다. 그는 내 표정을 살피며 말했다.

"어젠 미안. 다음에는 꼭 같이 가자."

"전혀… 마음 쓸 것… 없어."

나는 빠른 속도로 사과를 먹어치우면서 틈틈이 말했다. 그리고 내가 보고 느낀 것에 대해 떠들기 시작했다. 우리는 한참을 웃으며 즐겁게 이야기하다가 잠시 숨을 돌렸다. 몇 분 후 누가 먼저랄 것도 없이 거의 동시에 "저기…" 하고 말하다가 멈췄다.

서로 먼저 말하라고 양보하다가 결국은 내가 먼저 이야기하기로 했다.

"저기, 켄지. 나 의학에 대해 알고 싶어졌어. 그렇게 생각한 순간 내가 답답해하던 모든 것이 뻥 뚫리는 것 같은 기분이 들었거든."

"아, 그래?"

켄지는 자리에서 일어나 찻잔에 커피를 따르며 말했다. 표정을 볼 수는 없었지만, 역시 내 말에 동의해주는 것 같았다.

"네즈라면 아마 가능할 거야. 왠지 잘 어울릴 것 같아. 그런 느낌이 들어."

나는 켄지의 말에 힘을 얻었다. 모든 일이 잘 풀릴 것만 같았다. 앞으로의 내 생각을 전했다. 그리고 필요한 정보를 얻고 싶다고 했다. 의욕이 넘치는 데 비해 어디서부터 어디까지, 또 어떠한 방법으로 공부해야 할지 막막했기 때문이다. 켄지에게 책 몇 권과 인터넷 사이트를 추천받았다.

나는 아이처럼 기뻐하며 말했다.

"고마워, 켄지. 역시 도와줄 거라 생각했어."

그러자 켄지가 엄지손가락을 치켜올리며 대답했다.

"그래, 도움이 필요하면 언제든지 말해. 모리야마 박사님께도 이야기해둘게."

아마 박사님도 기뻐하실 거라고 생각했다. 켄지에게 고맙다는 말을 전한 뒤, 이번에는 켄지의 말을 듣고 싶다고 말했다. 그렇게 중요한 일이 아니었던 것일까. 켄지는 내 이야기를 듣는 동안 잊어버렸다고 했다. 아무리 생각해봐도 다시 떠오르지 않는다는 것이었다.

"기억이 나면 다시 이야기할게."

켄지는 그렇게 말하면서 방을 나섰다. 인사를 나누고 켄지의 모습이 시야에서 사라질 때까지 기다린 후, 모리야마 박사님의 모습을 떠올려보았다. 긴 인내의 시간이었을 것이다. 열정만으로 미지의 영역을 개척하는 동안 느꼈을 좌절과 고통 그리고 불확실함과의 사투. 박사님은 그 모든 것을 이겨낸 선구자였다.

나라는 존재의 탄생은 잃어버린 시간에 대한 보상이었을 것이다. 그것으로 그치지 않고 자신의 창조물이 자신이 가는 길의 동반자가 된다면…. 그것은 보상이라는 말로는 표현할 수조차 없는 대단한 일임에 틀림이 없을 것이다. 오늘의 내가 있게 해준 박사님을 위해서라도 나는 이 길을 가겠다고 다시 한 번 다짐했다.

나는 켄지의 조언을 참고로 하여 필요하다고 생각되는 자료를 닥치는 대로 수집하기 시작했다. 그리고 적당한 양이 모였다.

'한꺼번에 이 이상은 무리겠지.'

일단은 켄지가 말한 기초적인 서적부터 시작하기로 했다. 내용을 하나도 놓치지 않고 머릿속에 집어넣기 위해서 여느 때보다 꼼꼼하게 읽어 나갔다. 나는 짜릿한 쾌감을 느꼈다. 새로운 지식을 뇌의 저장 공간에 차곡차곡 쌓아두는 것 자체가 무엇과도 비교할 수 없는 행복이었다.

그런 한 가지 생각에만 너무 몰두해 있었던 탓일지도 모른다. 원래 어떤 일에 최선을 다하게 되면 이런저런 다른 일에 곁눈질을 하기가 어려운 법이다. 그래서 조금만 주의를 기울인다면 충분히 예상할 수 있는 일조차도 미처 눈치채지 못하는 경우가 있다.

이 무렵 밤늦은 시간, 어둠 속에 조용히 몸을 감추고 나를 지켜보던 눈빛이 있었다는 사실마저 나는 전혀 눈치채지 못했다.

- 9 -

모리야마 박사님이 나를 정말로 대견하게 생각한다는 것은 표정에서도 드러나고 있었다. 내가 수술 후 무사히 깨어났을 때 이후로 가장 기쁜 표정이라고 해도 좋을 정도였다. 나를 응원한다는 말과 함께 모든 지원을 아끼지 않겠다고 약속해주었다.

카즈야도 입에 침이 마르도록 칭찬했다. 금방 자신들을 따라올지도 모른다며 너스레를 떨었다. 나는 당연히 그럴 생각으로 시작한 일이지만 입 밖에 내지는 않았다.

그런 것보다는 모두에게 사랑받고 있다는 사실을 새삼 실감하니 갑자기 가슴속에서 뜨거운 것이 솟구쳐 올라왔다. 이런 느낌을 바로 감동이라고 하는 것이겠지. 하루 빨리 많은 지식과 경험을 쌓아 한 사람 몫을 하겠노라고 다짐했다. 그렇게 한동안 나를 응원하는 말들이 오간 후, 박사님과 카즈야가 자리를 떴다. 평소와 마찬가지로 켄지와 나만 남게 되었다.

켄지는 오늘부터 변경된 스케줄을 안내해주었다. 오전에는 그날 있을 과제나 실습 준비를 한다. 오후에는 켄지의 도움을 받아 당일 과제를 해결한다. 기본적으로 모든 과제는 나 혼자만의 힘으로 해결하게 되어 있었다.

도움이라는 것은 어디까지나 진행상의 도움을 말하는 것이다. 특히나 실험의 경우에는 나를 배려한 크기로 특수 제작된 장비들이 아직은 존재하지 않았기 때문에 그러한 부분에서야말로 켄지의 도움이 절실했다.

켄지는 소형 메스나 소형 주사기 같은 특수한 용품 정도로 만족해달라고 했다. 언젠가 내가 어엿한 한 마리의 의사이자 과학자로 인정을 받게 된다면 나를 위한 장비들이 제작될지도 모르는 일이다. 아니, 반드시 그렇게 될 것이다.

일과가 끝난 후에는 이전과 같이 자유시간이지만 아마도 그날 과제의 보고서를 작성한다든지 여러 참고 자료를 연구하게 될 것 같았다. 일이 잘 풀린다면 나만의 연구 논문을 발표하게 될지도 모르는 일이다.

오늘은 가벼운 오리엔테이션 개념으로 진행되었기 때문에 특별한 내용은 없었다. 켄지가 연구소의 배치도를 그려주었다. 그리고 방마다 주의해야 할 것을 알려주었다. 어차피 혼자서 움직일 일은 거의 없겠지만 만약이라는 것이 있으니까 알아두는 것도 나쁘지는 않을 것이다. 오히려 지난번에 견학을 한 이후부터 줄곧 알고 싶다고 생각하고 있었다.

연구소는 내가 생각하던 것보다 훨씬 큰 규모인 듯 보였다. 외부 사람이 드나드는 것을 본 적이 없는데다 고작 세 사람만 상주하는 연구소였다. 그 때문에 나도 모르게 기껏해야 몇 개의 방으로 이루어진 건물이라 생각해버렸다.

곰곰이 생각해보면 이 부분은 나의 지극히 개인적인 예상이었다. 아마도 내가 생활하는 공간이 한정되어 있다 보니 생긴 고정관념이었던 것 같다. 내 자신이 건물의 다른 방이나 복도를 돌아다닐 일이 없었던 것뿐이었다. 그렇게 멋대로 단정 짓고 있던 나를 비웃듯 연구소는 개인실, 연구실, 수술실, 테스트실, 식당, 샤워실, 보안실, 장비실, 창고 등 30개가 넘는 공간으로 이루어져 있었다. 용도에 따라서는 그 공간 하나하나의 크기도 상당했다.

나는 놀란 눈으로 물었다.

"도대체 얼마나 크다는 거야?"

켄지가 머리를 긁적이며 말했다.

"글쎄, 특별히 계산해본 적은 없는데…. 적어도 1000평은 넘지 않을까?"

"1000평이라고???"

상상조차 하지 못한 크기였다.

켄지의 말로는 자기도 건물의 끝까지 가본 적은 없다고 했다. 당연히 이런 연구소에는 보안 등급이라는 것이 있기 때문에 모리야마 박사님을 제외하고는 이 건물을 모두 아는 사람은 없다는 것이다.

그리고 건물의 특성상 제한적이긴 하지만 외부로부터의 방문이 전혀 없지는 않다고 했다. 그도 그럴 것이 연구에 관련된 장비나 물품, 연구소의 구성원을 위한 식량이나 옷과 같은 기본적인 생필품 등이 들어와야 하기 때문이었다.

물론 이곳은 100퍼센트 정부의 지원으로 비밀리에 운영되고 있었고, 그들의 관리하에 놓여 있는 기관이기 때문에 신뢰할 수 있는 최소한의 관련자만 출입한다. 그마저도 우리와 마주치는 일은 없을 것이라고 했다.

역시 내 두뇌가 아무리 뛰어나다고 한들 아직 많은 것을 경험하지는 못했기 때문에 이 세상은 모르는 일로 넘쳐난다. 매일 생활하는 연구소에 대해서조차 아직 이것밖에 모르고 있었다. 문득 죽을 때까지 내가 알 수 있는 일은 어느 정도의 양일지 궁금해졌다. 일반인과는 비교도 되지 않을 정도의 지식을 쌓겠지만 무한하다고 할 수는 없을 것이다.

오히려 그렇기 때문에 하루라도 빨리 더 많은 것을 보고, 느끼고 싶은 것이다. 내 자신이 어느 정도의 그릇인지 확인하고 싶었다.

눈을 감고 상상해본다. 나의 무한한 가능성이 끝없이 뻗어나갈 먼 훗날의 어느 순간을. 그 시간에 나는 또 다른 모리야마 박사가 되어 있을지도 모를 일이었다.

- 10 -

내가 명예 연구원이 되어 과제를 시작한 지도 벌써 사흘째에 접어들었다. 이곳에서 생활한 지도 어느덧 한 달이 지나고 있다. 이제는 켄지나 카즈야의 동행 없이 혼자 이동할 때도 된 것 같았다.

켄지에게 연구실의 출입 카드를 부탁한 것이 어제 오후의 일이다. 뭐 특별히 무리한 요구를 한 것도 아니지 않은가. 그런데 왜 이 시간에 모리야마 박사님에 카즈야까지 나를 뚫어지게 쳐다보고 있는 것인지 이유를 알 수 없었다.

박사님이 나를 부르는 소리에 그 생각에서 깨어났다.

“네즈 군.”

나는 제자리에서 벌떡 일어났다. 긴장한 탓인지 장난감 병정 같은 모습으로 대답했다.

“네!”

박사님은 여느 때의 인자한 웃음을 보이며 질문했다.

"특별히 출입 카드가 필요한 이유라도 있나? 켄지나 카즈야가 소홀히 한 부분이라도?"

옆에서 지켜보는 켄지와 카즈야의 모습에 난처함이 묻어났다.

나는 앞발을 저으며 강하게 부정했다.

"전혀 그렇지 않아요. 단지…."

"단지?"

"그러니까…. 저도 이제…. 아니 원래 그랬는지도 모르지만…. 더 이상 아이가 아니기도 하고…. 어쨌거나 이곳의 일원이기도 하니까…."

그렇게 우물쭈물하고 있는 사이 박사님이 웃으며 이야기했다.

"하하하, 내가 이거 큰 실례를 했군. 네즈 군은 언제까지나 내 품안의 자식이라는 느낌이라서 말이지. 착각 속에 빠져 있었나 봐."

나는 뭐라 할 말을 찾지 못해 난처했다.

그러자 박사님이 내 머리를 쓰다듬으며 말했다.

"그렇게 난처한 표정을 지을 것 없네. 그건 나쁜 일이 아니야. 네즈 군을 한 명의 의학도로 인정한다면 당연한 일이겠지."

박사님은 마치 나의 모든 것을 꿰뚫고 있는 것처럼 보였다. 언제나 그런 느낌이었다. 특히 '인정'이라는 단어를 듣는 순간에는 강한 전류가 전신을 타고 흐르는 것 같았다. 내가 하고 싶었던 말을 박사님이 완벽하게 대신했기 때문이었다.

수술 이후의 나는 하나의 지적 생명체로서 거듭나고 있는 중이었다. 일반적인 쥐는 가질 수 없는 감정과 지능이 나를 새로운 곳으로 이끌고 있었다. 타인과 구분되는 나만의 생각과 나만의 지식을 가지고 싶은 욕망이 점점 커지고 있었다.

박사님이 그렇게 보고하겠다는 말을 하고 자신의 연구실로 돌아가자, 카즈야가 부연 설명을 덧붙인다.

"정부 기관인데다 보안에 민감한 곳이다 보니 약간의 절차가 필요하거든."

"흠…."

카즈야는 나와 켄지를 번갈아 보더니 익살스러운 표정을 짓는다.

"그럼 기념할 만한 네즈의 첫 실험을 참관해보도록 할까?"

나는 머리를 긁적이며 답했다.

"하하. 뭐 그리 대단한 일이라고…."

실험 결과는 성공적이었다. 그 순간 나의 마음을 어떤 말로 표현할 수 있을지 모르겠다. 단순히 켄지와 카즈야의 칭찬 때문에 들뜬 것이 아니다. 스스로가 느끼는 성취감이 너무 컸기 때문일까, 심장은 두근거리고 몸의 떨림 또한 한동안 멈출 줄을 몰랐다. 오늘의 성공이 나와 연구소의 미래를 바꿀 첫걸음이 되기를 바라며 잠자리에 들었다.

- 11 -

첫 실험 이후 일주일이라는 짧은 시간 동안 다른 사람들이 몇 달에 걸쳐 배울 내용을 마스터해버렸다. 상황이 그러하다 보니 조금 지나치다 싶을 정도의 자신감에 도취되어버렸다.

지금에야 든 의문이지만, 나는 더 이상 언급할 필요도 없는 모든 분야에서 세계 최초의 쥐였다. 굳이 일반적인 쥐와 미로를 통과한다거나 할 필요가 있었는지 모르겠다. 예를 들면 다른 사람과 상식 대결을 한다든지, 일반인에게는 어려운 수학 문제를 푼다거나, 내가 가진 지식으로 토론을 한다거나 하는 방법으로도 얼마든지 수치화된 자료를 만들고 성과를 보고할 수 있었을 것이다.

'대체 일반 쥐와의 테스트가 무슨 의미가 있다는 거야?'

요즈음은 많은 생각을 하고 있다. 나의 두뇌가 과연 어디까지 와 있는 건지 궁금했다. 나와 카즈야와 켄지. 경험이 적긴 하지만 셋 중 가장 뛰어난 두뇌의 소유자는 다름 아닌 나였다. 너무나도 명백한 사실을 그들도 인정하지 않을 수 없을 것이다. 물론 그 둘을 무시할 생각은 추호도 없었다. 그들 나름대로 이 분야에서 뛰어나다고 인정을 받았기에 이런 비밀 연구에 참여하게 되었을 것이다.

하지만 둘이 해결하지 못하는 어려운 연구 과제를 나는 순식간에 해결해버렸다. 또한 그들이 지금까지 진행해온 기존 연구의 허점을 파악해 새로운 방향을 제시하기도 했다. 둘의 놀란 표정이 우스꽝스럽게 보였다. 나는 그들이 두 눈을 뜨고 있으면서도 보지 못하는 것을 보고 있었다.

나는 그들의 이해력과 상식을 훌쩍 뛰어넘고 있었다. 내가 그들만큼의 경험을 쌓고 세상으로 나아간다면 의학계가 발칵 뒤집어질 것은 너무나도 자명한 일이었다. 어쩌면 다른 이들과의 비교는 무의미한 일인지도 모른다. 지금과 같은 상태라면 모리야마 박사님을 능가하는 일도 불가능하지 않아 보였다.

"네즈."

"…."

"네즈!"

"응?"

켄지가 부르는 소리에 혼자만의 망상에서 깨어날 수 있었다.

'일단은 눈앞의 실험에 집중하자.'

언제나 그랬던 것처럼 간단하게 실험을 마치고 방으로 돌아왔다. 이런저런 생각에 빠져 있다가도 실험에 들어가면 언제 그랬느냐는 듯 집중하기 시작했다. 오늘 실험에서도 다들 나의 재능에 놀란 모습이었다. 매순간 깜짝깜짝 놀라는 그들의 모습을 보면 단순히 나를 격려하기 위한 것이 아니라는 것을 충분히 느끼고도 남았다.

켄지의 말에 따르면 보통의 초보자와 접근 방식 자체가 다른 것 같았다. 아마도 한꺼번에 방대한 양의 지식을 집어넣고 머릿속에서 수많은 시뮬레이션을 반복하는 것이 가능하기 때문일지도 몰랐다. 그런 것도 역시 뛰어난 두뇌를 갖고 있기 때문에 가능한 일이라고 덧붙였다. 결국 모든 것은 이 천재적인 두뇌로 이어지는 것인가.

응?

갑자기 머리가 멍해지면서 어떤 단어가 떠올랐다. 수술, 천재적인 두뇌, 나라는 존재…. 거기까지 생각했을 때 갑작스러운 두통이 머리를 짓눌렀다. 이런 상황이 처음이 아니었던 것 같다는 생각과 함께 정신이 아득히 멀어져가는 느낌을 받았다. 지나칠 정도의 자신감도, 황금빛 미래를 향한 나의 꿈도 모두 거품처럼 사라져버리고 있었다.

- 12 -

이유 있는 자신감에 도취되어 주변 사람들을 깎아내리던 바로 다음 날 이런 모습으로 눈을 뜨게 될 것이라고는…. 전혀 예기치 못한 일이었다. 나는 어딘가에 누워 있었다. 앞다리에 꽂혀 있는 미니 링거의 바늘이 어렴풋이 보였고 몸통은 무언가에 의해 고정되어 있었다.

여기는 내 방이 아니었다. 내 예상이 틀리지 않는다면 이곳은 그날, 수술 후 처음 내가 눈을 뜬 곳이다. 그렇다. 더 알기 쉽게 표현하자면 그냥 수술실이다. 아직 뭐가 뭔지 잘 모르겠다. 내가 왜 여기에 와 있는 건지. 이번에도 꿈인가. 확인할 방법은 없지만 아마도 아닌 것 같다.

평소와 같이 실험을 끝내고 켄지와 대화를 나누던 도중…. 그 이후의 기억이 없었다. 무슨 내용인지는 기억이 나지 않지만 꿈을 꾼 것 같았다. 대부분 기억이 나지 않았다.

다만 무언가가 빠르게 이동하는 것 같았다. 그리고 마지막에는 누군가가 나를 부르는 것 같았다. 아니, 부른 것이 확실했다. 나는 그 목소리에 눈을 떴기 때문이다. 내가 눈을 떴다기보다는 그 목소리에 전율을 느끼면서 눈이 번쩍 떠졌다고 하는 표현이 더 정확할 것이다.

어차피 꿈이긴 하지만 모르는 사람의 목소리 같았다. 모리야마 박사님도, 카즈야도, 켄지의 목소리도 아니었다. 가냘픈 목소리였다. 부드럽지만 단호한…. 다시 한 번 생각해봤지만 나는 그런 사람을 알지 못한다. 최근엔 드라마나 영화도 전혀 보지 않았는데….

개꿈이라고 생각하는 편이 좋을 듯했다. 의미 없는 꿈을 기억하는 것은 그 정도로 해두고 켄지를 불러보았다.

이런!

또 수술실에서 자리를 비운 건가. 평소에 항상 챙겨주는 것은 감사하지만 이럴 때야말로 누군가의 존재가 절실했다. 이런 곳에 홀로 남겨져 있다는 것은 치가 떨릴 정도로 싫은 일이었다. 까닭 모를 두려움이 엄습해오기 때문이었다.

한 번 더 켄지와 카즈야를 차례로 불렀다. 아무 대답도 없었다. 두 사람이 곁에 없다면 모리야마 박사님이야 불러서 무슨 소용이 있겠는가. 울며 겨자 먹기로 꿈에 대해서 다시 떠올리려 했을 때, 어디선가 작은 소리가 들렸다. 그 소리에 귀를 기울여보았다. 누군가가 나를 부르는 목소리였다. 그렇지만 대체 누가?

나는 목소리가 들린 방향으로 천천히 고개를 돌렸다. 아무도 없었다. 조금 전의 작은 목소리가 다시 한 번 아무도 없는 방 안에 울려 퍼진다. 목소리의 주인은 호탕하게 웃으며 말했다.

"하하하, 그만둬. 지금은 아무리 애써봐야 날 볼 수 없어."

무슨 소린지는 잘 알 수 없었지만 그의 말 그대로였다. 여기 누운 상태로 그를 볼 수 없다는 것만큼은 확실했다. 하지만 어떻게 해서라도 확인하고 싶은 마음에 몸을 약간 비틀어보았다. 통증만 느껴질 뿐, 역시 보이지 않았다. 그 목소리는 나에게 명령하듯 말했다.

"무리하지 말고 오늘은 그냥 듣기만 해."

나는 그 '오늘은'이라는 부분이 마음에 걸렸지만 일단 그가 말하는 대로 따르기로 했다. 어차피 지금은 특별히 할 수 있는 일이 없기 때문이었다.

그는 자신을 요이치라고 소개했다. 어릴 적 친구들은 자신을 '요짱'이라고 불렀다면서 나에게도 요짱이라고 하면 된다고 말했다.

'나는 그다지 친구도 아닌데….'

그냥 마음속으로만 그렇게 생각했다. 아무튼 그 요이치라는 인물이 계속해서 말을 이어갔다. 자기가 지금 내 앞에 나타난 첫 번째 이유는 내가 처한 상황을 알려주기 위해서라고 했다. 또한 동료를 찾고 있는데 내가 자신의 동료로 적합한지 여부를 알아보기 위한 것이 두 번째라는 것이다. 아직은 모든 내용을 밝힐 수 없지만 내가 받은 수술은 나를 위한 것이 아니었으며 나는 상당히 위험한 상황에 놓여 있다고 했다.

이곳의 연구원들은 아직 정신이 없는 나를 이용하려 한다는 것이다. 무슨 생각으로 내게 이런 말을 하는 것인지 의도를 짐작하기가 어려웠다. 갑자기 찾아와서 초면에 그런 이상한 말을 한다고 해서 그냥 '아, 네, 그렇습니까?' 하고 덥석 믿는 편이 더 이상한 일이 아닌가. 그렇게 밑도 끝도 없이 실컷 하고 싶은 말을 하더니, 이번에는 질문을 늘어놓기 시작했다.

'어이어이, 오늘은 듣기만 하는 거 아니었냐?'

이번에도 속마음을 겉으로 드러내지 않고 녀석의 말을 듣기만 했다. 이 연구소에서는 대체로 질문을 하는 쪽이다 보니 적응이 어려웠다. 아까부터 몇 번이나 중간에 끼어들어 말을 하고 싶은 것을 참고 있었다.

요이치의 질문을 대충 정리해보면 현재 나의 기억력은 정상인지,

앞으로 어떻게 할 계획인지, 여기에 그대로 눌러 앉을 것인지, 나로서는 영문을 알 수 없는 말뿐이었다. 도대체 어떻게 하라는 말인가.

그중 하나의 질문이 나를 당황스럽게 만들었다.

"정신을 잃은 일이 자주 있었어?"

사실 지금도 정신을 잃고 여기에 온 것이다. 대부분의 질문에 적당히 건성으로 대답했지만, 이 질문에는 아무런 말도 하지 못했다.

그러자 요이치는 상관없다는 듯 말했다.

"뭐, 됐어. 좀 더 지켜보자고."

그러고는 잠시 뜸을 들이더니 마지막 질문을 던졌다.

"그런데 너, 이름은 알고 있어?"

"네즈."

나는 조용한 목소리로 대답했다. 그 말을 들은 그는 코웃음을 쳤다. 나의 얼굴이 뜨겁게 달아올랐다. '사람들이 지어준 이름으로 건방지게 사람 행세를 하고 있다'는 비웃음으로 들렸다. 뭔가 대꾸할 말을 찾고 있을 때 어디선가 또 다른 소리가 들렸다. 너무 작고 갑작스러웠기 때문에 무슨 내용인지는 알 수가 없었다. 요이치는 그 소리에 알았다고 대답한 후 나에게 말했다.

"다음엔 네 이름에 대해 이야기해볼까? 그럼 조만간 또 보자."

그는 기다리라는 내 말을 무시하고 어디론가 사라져버렸다. 녀석은 켄지가 돌아오기 직전까지 나와 함께 있었다. 녀석이 사라지고 이

내 켄지가 수술실로 들어왔다. 이상한 것은 켄지가 요이치와 마주치지 못한 것 같다는 점이었다. 어떻게 켄지의 눈을 피해 달아난 건지 알 수 없었다.

그 녀석은 모든 것이 자기 손바닥 안에 있다는 사실을 내게 자랑하듯 일부러 큰 소리를 내며 사라진 것 같았다. 무척이나 거슬리는 소리였다. 나는 혼란스러웠다. 이제 겨우 하고 싶은 일을 찾았다. 삶의 목표를 가지고 앞으로 나아가려는 시점이었다.

그런데 이게 무슨 일이란 말인가. 나는 요이치의 존재와 그가 남기고 간 말을 잊어버리고 싶었다. 물론 그런 것이 마음대로 될 리는 없었다.

머리가… 머리가….

또다시 두통이 밀려왔다.

내가 두통을 호소하자 켄지는 안정제를 주사해주었다. 이번에는 정신을 잃지 않았다. 두통이 수술과 관련이 있다는 사실만은 분명한 것 같았다. 또 한 가지, 반드시 연관이 있다고 단정 지을 수는 없지만 무언가 생각이 날 듯 말 듯한 상황에서 애써 그 기억을 꺼내려고 할 때, 그때마다 이런 일이 발생했다. 이것은 무엇을 의미하는 것일까?

켄지는 심각한 표정으로 아무 말도 하지 않는 나를 걱정하듯 물었다.

"잠깐 연구실에 들렀다 왔는데, 뭐 특별한 일이라도 있었어?"

나는 요이치라는 녀석에 대해서 물어보려 하다가 일단은 그냥 지켜보기로 했다.

"아니, 그냥 누워 있는데 특별할 게 뭐가 있겠어?"

요이치가 나에 대해서 어느 정도 알고 있다는 것이 분명한데다, 마음에 걸리는 말들도 있었기 때문이었다. 안정제를 맞았기 때문인지, 다시 한 번 켄지의 목소리가 들려왔기 때문인지, 머릿속을 어지럽히던 생각이 순식간에 기억의 저편으로 멀어져가 버렸다.

"오늘 있었던 일은 잊어버려. 하루 정도 손해봤다고 해서 큰일이 생기는 것도 아니잖아."

나는 가볍게 미소를 지어 보이며 대답했다.

"응. 내일이 있으니까."

- 13 -

"정말 괜찮겠어?"

켄지가 걱정스러운 표정으로 나를 보며 말했다. 어제 그런 일이 있었는데 오늘 하루 정도는 뇌를 쉬게 해주는 편이 좋지 않겠느냐는 모리야마 박사님의 의견도 덧붙였다. 물론 내 의견을 최우선으로 한다는 말도 함께. 나는 양쪽 앞발을 허리춤에 올린 채 켄지의 왼쪽 손바닥을 밟고 서 있었다. 켄지의 두 눈을 똑바로 응시하며 한숨을 내쉬었다.

"어휴, 박사님이야 그렇다 쳐도 켄지까지 나를 너무 어린애 취급하는 거 아니야?"

켄지는 어쩔 수 없다는 듯 어깨를 으쓱하며 체념하듯 말했다.

"그래, 네즈의 뜻대로 해."

켄지의 입에서 내 이름이 나왔다.

네즈….

녀석의 마지막 질문에 대한 나의 대답이었다. 나의 이름. 그것은 당연히 '네즈'였다. 그 외에 무엇이 있겠는가. 녀석의 반응이 아직 생생했다.

그때의 비웃음.

네즈란 이름에는 항상 자부심과 애착을 가지고 있었음에도 오늘만큼은 어쩐지 듣기가 거북했다. 몸에 맞지 않는 우스꽝스러운 옷을 입고 밖을 돌아다니다 사람들의 따가운 시선을 한 몸에 받고 있었다는 사실을 뒤늦게 알아차렸을 때의 기분이 이런 것일까. 분한 마음에 화가 치밀어 올랐다. 재수 없는 녀석 같으니라고. 하지만 몇 가지 의문점이 있었다.

나는 사람의 손에서 태어나 사람과 같이 생활하고 있다. 이제 와서 사람이 지어준 이름을 쓰고 있는 것에 대해 트집을 잡다니, 내게 무슨 대답을 바라는 것인가. 나는 시궁창에 걷어차일 정도로 널브러져 있는 그렇고 그런 쥐가 아니라는 말을 해주고 싶었다.

애초에 어떻게 나의 존재에 대해 알고 있는지도 의문이었다. 기본적으로는 연구소의 세 명 외에는 내 존재를 알 수 없을 터였다. 상식적인 선에서 범위를 조금 넓혀보더라도 그들이 말하는 몇몇 높은 분들 정도나 알고 있을 것이다.

다만 그 높은 분들 중 한 명이 굳이 나를 찾아와서 쓸데없는 소리를 늘어놓을 이유는 없었다. 게다가 나에게 접근하기 위해 이 깊숙한 지하 시설까지 내려오는 바보는 더더욱 없을 것 같았다. 내가 알고 있는 사실만으로는 아무리 생각해봐도 알 수가 없었다.

나는 눈을 감았다. 잠시 동안 아무런 생각도 하지 않고 그렇게 멍하니 있었다. 눈을 떴다. 놀랍게도 조금 전까지 머릿속을 휘몰아치던 의문과 복잡한 마음이 일순간 진정되는 것을 느꼈다. 이런 일도 가능한가. 이건 신기한데. 수술 덕분일지도 모른다고 생각했다.

나는 스스로의 뇌를 어떤 방식으로 컨트롤해서 감정을 조절할 수 있는 능력을 갖고 있는 것 같다. 거기에까지 생각이 미치자 마음은 더욱 차분해졌다. 이 능력을 잘 활용하면 쓸데없는 생각 때문에 정신을 잃는 일을 막을 수 있을지도 모른다. 머리가 맑아지자 해야 할 일이 좀 더 명확히 머릿속에 그려졌다.

나는 지금까지 의심이라는 것을 모르고 살았다. TV나 여러 매체에서 접한 내용이나 내가 아는 사람들과의 대화만으로 모든 것을 판단해왔다. 그 이상이 필요한 일 자체가 없었다. 하지만 녀석과의 만남은 나에게 다가올 어떠한 위험을 감지하게 했다.

이유는 알지 못했다. 아무런 근거도 없었다. 그저 모든 것을 의심해야만 한다는 마음의 소리가 모든 감각기관을 통해 전해져오고 있었다. 그래서 내린 결론이었다. 아무 일도 없었다는 듯 이제껏 해오던 대로 연구를 해야만 한다. 녀석도 믿을 수 없지만, 우리 연구소의 식구들도 일단은 경계해야 한다고 본능이 부르짖고 있었다.

모리야마 박사님, 켄지, 카즈야를 의심해야 한다고 생각한 순간 마음 한쪽에 구멍이 뚫린 것처럼 허탈하면서도 쓰라린 감정을 느꼈지만, 이내 냉정을 되찾았다. 점점 스스로를 컨트롤할 수 있게 된다. 역시 긍정적인 일이다.

아무튼 그렇게 조용히 하던 일을 계속하다 보면 무언가를 찾아낼 수 있을 터였다.

또 한 가지, 정보를 수집하기 위한 최적의 동선을 확보해야만 한다. 연구소의 가능한 한 넓은 범위를 최대한 샅샅이 살펴볼 필요가 있다. 별일 아니라고 스스로를 속여 왔지만 이제는 확인할 때가 온 것이다.

이전에 카즈야와 함께 연구소를 둘러보던 날이 떠올랐다. 벽에 붙은 작은 다이얼에 과민 반응을 보인 것은 아무리 좋게 생각하더라도 역시 부자연스럽다. 게다가 당시의 주의사항은 도대체 무엇을 위한 것이었는지도 의문스러웠다. 약간의 수술 후유증을 보이던 나를 걱정하고 배려한 것이라는 생각에 그냥 그러려니 했지만, 지금 생각해보면 억지스러운 부분이 많았다.

특히나 얼마 전부터 신경안정제를 처방해준 걸로 봐서는 단순한 졸음이 아니라는 것 정도는 알고 있었으리라. 그런 식으로 정신을 잃는다는 사실을 이미 알고 있으면서 왜 처음부터 적극적으로 대처하지 않았던 것일까. 자신들이 사용하는 안정제는 나 같은 쥐에게 위험성이 적지 않기 때문에 사용하지 않았다고는 했지만, 그대로 믿어도 되는 것일까?

마지막으로 다른 쥐가 보이면…. 다른 쥐? 다른 쥐라고!! 눈을 감고 다시 마음을 가라앉혔다. 지금까지 눈치채지 못했던 자신을 탓한다고 해서 바뀌는 것은 없다. 그래, 냉정하게 생각하는 거다. 냉정하게. 어느새 마음은 차분하게 가라앉고 있었다.

- 14 -

켄지를 조른 덕분에 처음으로 수술 참관의 기회를 얻었다. 물론 단 한 번의 참관으로 모든 해답을 얻지는 못할 것이다. 오늘 수술은 몸을 다쳐 죽어가는 쥐의 정상적인 뇌를 치매에 걸린 몸이 성한 쥐에게 이식하는 것이다. 이전 같으면 들떠서 쓸데없는 훈수를 뒀겠지만 오늘은 조용히 지켜보기만 했다. 수술이 시작되고 자연스럽게 질문할 타이밍을 찾고 있었다. 그런데 수술 과정을 지켜보던 나는 새로운 의문에 사로잡혔다.

짧은 시간이었지만 그 의문은 확신으로 변해 나의 신경을 곤두서게 했다. 그리고 이내 문제의 장면과 마주하게 되었다.

'제발, 아니라고 해줘.'

그렇게 생각함과 동시에 수술은 마지막 단계에 진입했다. 순식간이었다. 모든 것이 순조롭게 진행된 것처럼 보였다. 적어도 나를 제외한 나머지 사람들에게는 그렇게 보였을 것이 틀림없었다.

주위를 둘러보았다. 다들 지친 표정이지만 뿌듯한 기분으로 마무리 작업을 하고 있었다. 이번에는 심장의 두근거림을 멈추는 것이 쉽지 않았다. 그럴 만도 했다. 켄지에게 대충 둘러댄 후 안정제를 맞고서야 겨우 가라앉았다.

나는 앞으로 어떻게 되는 것일까? 선택지는 많지 않았다. 아니, 선택할 수 있는 부분이라면 오히려 나은 상황이다. 몇 가지 예상 가능한 수술 결과가 머릿속에 그려졌다. 결국 운에 따라 그중 어느 한 곳에 도달하게 될 것이다.

쓸데없는 오해를 사면 곤란하기 때문에 최대한 자연스럽게 행동했다. 박사님과 켄지, 카즈야에게 수고의 인사를 건네는 것도 잊지 않았다.

"역시 박사님이세요. 켄지와 카즈야도 대단해. 나는 아직 멀었어."

카즈야가 별것 아니라는 듯, 하지만 자신감에 찬 말투로 대답했다.

"네즈도 곧 이렇게 할 수 있을 거야."

모리야마 박사님도 언제나 그랬듯 온화한 미소를 지으면서 거들었다.

"네즈 군."

"네, 박사님."

"네즈 군이라면 나를 뛰어넘는 것도 충분히 가능하다네. 하루 빨리 그날이 오기를 바라겠네. 그러면 나도 마음 편히 물러날 수 있겠지."

묘한 것은 켄지가 특별한 말을 하지 않고 그저 나를 바라보기만 한다는 것이다. 평소 같으면 가장 먼저 네즈라면 더 잘할 수 있다든지, 배움의 기간이 다르기 때문에 그런 거라든지 무슨 말이든 건넸을 것이다.

수술실 정리가 끝나고 모리야마 박사님과 카즈야가 자리를 떠날 때까지도 수술 과정이 머릿속에서 떠나지 않았다.

'어떻게 하면 좋단 말인가.'

그렇게 생각하고 있을 때 혼자 남은 켄지가 조용히 입을 열었다.

"네즈…."

나도 모르게 침을 꿀꺽 삼키며 대답했다. 아마도 켄지에게는 들리지 않았을 것이다.

"응, 왜 그래, 켄지?"

그러고 보니 켄지의 표정이 이상했다. 그가 잠시 시간을 두고는 알 수 없는 말을 던졌다.

"우리는 친구지?"

'뭔가 눈치를 챈 건가?'

괜히 미안한 마음이 들었지만 모른 척하고 말했다.

"무슨 소리하는 거야, 켄지? 당연한 이야기잖아."

나의 말을 들은 켄지는 잠시 눈을 감았다. 그는 나를 신뢰할 수 있는 친구로 생각한다며 이야기를 시작했다. 켄지는 요즘 들어 연구소의 모든 것이 바뀐 것 같은 느낌을 받고 있다고 했다. 또한 뭔가가 잘못되어가고 있다고 생각하고 있었다.

내가 그 원인 중 하나라는 사실에 뜨끔했지만, 일단은 잠자코 있기로 했다. 그의 말에 따르면 최근 나는 말수가 눈에 띄게 줄어들었으며 혼자 생각에 잠겨 있는 시간이 늘었다. 모리야마 박사님과 카즈야도 뭔가를 숨기는 것처럼 보이는데, 그게 무엇인지 도대체 알 수가 없다는 것이다.

자신이 모르는 곳에서 알 수 없는 일이 일어나고 있는 것은 아닌지 불안해져서 일이 손에 잡히지 않는다고 했다. 켄지의 모습을 보면서 나는 깊은 고민에 빠졌다. 켄지는 나를 친구로 생각하고 마음속의 고민을 털어놓았다.

나는 어떻게 대처해야 하는가. 켄지를 믿어도 좋다고 생각하는 한편, 어떠한 것도 확실하게 확인되지 않은 상황에서 너무 쉽게 이쪽의 카드를 모두 보여주어서는 안 된다는 생각이 공존하고 있었다.

마음을 독하게 먹어야 한다. 결국 시간을 두고 기다리면서 상황을 지켜보는 쪽으로 결정했다. 켄지에게는 미안하지만 사실과 거짓을 적절히 섞어 둘러댔다.

"내 일이라면 걱정할 것 없어. 요즘엔 막 의욕이 넘쳐흐르고 있잖아. 자나 깨나 연구에 대한 생각뿐이야. 어떻게 하면 효율적이면서도 최선의 결과를 얻을 수 있을까? 켄지는 어떻게 생각해? 켄지만의 노하우를 이미 터득한 거야?"

"아, 노하우는 무슨…. 항상 적당히 뒤처지지만 말자는 생각으로 하고 있을 뿐이야."

켄지는 멋쩍게 웃으며 대답했다.

"미안해, 켄지. 너무 한 가지 생각에 몰두하다 보니 오해를 하게 만든 것 같네. 주의할게."

"주의라니…. 내가 너무 예민했나 보다. 네즈는 지금껏 하던 대로 앞만 보고 달리는 거야."

"응, 고마워."

마음이 아프지만 어쩔 수 없었다. 모리야마 박사님과 카즈야에 대해서는 만나는 횟수 자체가 켄지보다 월등히 적기 때문에 특별히 할 말이 없었다. 앞으로는 특별한 점이 있는지 살펴보겠다는 정도로 마무리했다.

그러자 켄지도 오랜 연구소 생활에 지쳐 별것 아닌 일에도 과민하게 반응하는 것일지도 모른다며 흔히 있는 일이니 곧 극복할 수 있을 거라고 말했다. 그것보다 더 큰 문제는 오늘 있었던 수술이었다. 역시 다른 쥐라는 것은….

- 15 -

나의 내면은 일시에 너무 많은 변화를 겪는 중이었다. 갑작스럽게 내 앞에 등장한 의문의 존재와 그가 남긴 알 수 없는 이야기. 또한 어제의 수술 장면에서 파악한 이 연구 팀과 나 자신에 대한 문제들.

그들의 비밀 프로젝트가 지금까지 남긴 성과와 현주소에 대해 파악할 수 있는 어떤 방법이 필요했다. 가장 좋은 방법은 연구소의 다른 누군가와 소통을 통해서 알아보는 것이지만, 지금 같은 상황에서는 그럴 수도 없었다.

거기까지 생각했을 때 노크 소리가 들렸다. 켄지였다. 요즈음은 누구를 만나든지 긴장하게 된다. 가면을 쓰고 마음을 숨긴 채 사람들을 대한다는 것이 이렇게 힘든 일인지 미처 몰랐다. 게다가 나를 아끼고 친구라 믿고 있는 사람이 그 대상이라면….

무슨 소중한 보물이라도 되는 듯, 작은 카드를 꼭 쥐고 있는 켄지의 손을 바라보고 있노라니 마음 한편이 따뜻해짐과 동시에 아려왔다.

'그 건에 대해서는 완전히 잊고 있었는데….'

카드는 한눈에 보기에도 내게 꼭 맞는 크기라고 하기에는 무리가 있었다. 하지만 다른 사람들이 사용하는 일반 카드보다는 훨씬 작아 보였다. 켄지는 웃는 얼굴로 카드를 넘겨주며 말했다.

"여기, 지난번에 네즈가 부탁한 출입 카드."

"아, 고마워."

"크기를 최대한 줄여달라고 했더니 시간이 좀 걸렸네. 더 이상 줄이는 건 힘든가 봐."

"뭐, 가방이라고 생각하면서 들고 다니면 될 것 같은데."

나는 대수롭지 않다는 듯 받아쳤다. 그러고는 진심을 담아 덧붙였다.

"이렇게까지 신경 써줘서 정말 고마워, 켄지."

몇 번이나 켄지에게 모든 것을 털어놓을까 망설였지만 지금까지 해왔던 것처럼 꾹 참기로 했다. 앞으로 조금만 더 지나면, 모든 것이 명확해지고 나면 켄지에게 정식으로 사과하고 싶었다. 그리고 마음 속으로 몇 번이고 되뇌었다.

'미안해, 켄지….'

잠시 동안 특별히 내용도 없는 잡담을 나눈 뒤, 켄지는 돌아갔다. 텅 빈 방에 혼자 남아 곰곰이 생각해보았다. 출입 카드의 발급은 지금 상황에서 상당히 중요한 의미가 있을지도 모른다. 그렇지 않아도 수술 기록을 찾아보고 싶었기 때문이다.

여러 번 물어보고 싶었지만, 적절한 타이밍을 찾기가 힘들었다. 의심받을 만한 행동은 최대한 피하고 싶었다. 출입 카드를 손에 넣음으로써 필수적인 자료들의 확인이 용이해진 것만은 분명했다. 이 카드의 보안 등급을 확인해보고 싶었지만 지금은 아니었다. 최대한 사람들의 눈을 피해 움직여야 한다.

아직 이곳 생활에 완전히 적응하기 전, 켄지에게 들은 이야기에 따르면 이 연구소는 실적도 중요하지만 그것보다 근본적으로 비밀 유지가 가장 중요한 곳이었다. 기본적인 시스템은 최첨단이라고 할 수 있었지만, 보안 설비적인 측면에서 볼 때는 오히려 원시적인 방법에 가까웠다. 방대한 서버를 두고 컨트롤타워와 유기적으로 연계되는 부분 따위는 없다고 했다.

이곳은 구상 단계에서부터 오로지 연구만을 위한 곳이면서, 동시에 철저한 보안까지 갖춘 곳으로 설계되었다고 한다. 그런 곳으로 만들기 위해서 선택한 방법은 외부와의 완전한 단절이었다. 그러한 단절로 인한 단점이 적지 않았지만 연구원이 기록을 빼돌린다거나 다른 단체와 접근하는 것을 원천적으로 차단하는 효과가 있었다.

더 나아가 특별한 사정이 아닌 이상 외부인과의 만남이나 연락은 철저하게 제한되었다. 어렵사리 외출이 허락되었다 하더라도 발신 장치, 감청 장치, 미행 등에 동의를 해야만 했다. 하지만 단 한 번도 그런 외출이 허용된 일을 본 적이 없다고 했다. 차라리 프로젝트가 끝나는 것을 기다리는 것이 좋을지도 몰랐다.

아무튼 매사에 그런 부분을 염두에 두고 활용할 수 있는 모든 것을 최대한 활용하지 않으면 안 된다. 앞으로는 실험이나 견학처럼 공식적으로 이동할 때 주위를 더 자세히 살피는 것이 중요하다.

지난번에 켄지에게 받은 배치도는 완벽한 상태로 머릿속에 저장되어 있었다. 가장 먼저 해야 할 일은 CCTV의 위치를 확인하는 것이다. 다음으로는 나처럼 몸집이 자그마한 동물만 지나다닐 수 있는 통로나 작은 틈새처럼 몸을 피할 수 있는 공간을 확보해두어야 한다.

그렇게 생각하자 본능적이었다고 할 만큼 빠른 속도로 머릿속에서 시뮬레이션이 시작되었다. 이미 알고 있는 지식을 정리한 다음, 추가로 검증이 필요한 정보를 수집할 방법을 떠올렸다. 대략의 계획이 머릿속에 그려졌다. 최소한 2~3일은 필요할 것 같았다. 넉넉하게는 일주일 정도일까.

지금까지 나의 세계는 이 방 안과 연구실이 전부였지만, 앞으로는 그렇지 않을 것이다. 실수가 있어서는 안 된다. 잘못하면 나의 이 작은 세계마저 사라질지도 모른다.

나는 분주히 움직이기 시작했다.

- 16 -

예상보다 긴 시간이 소요되고 있다는 점을 제외하면 대체로 순조로운 진행이다. 오히려 전혀 막히는 부분이 없다는 점이 나를 불안하게 만들었다. 얼마 전까지의 나라면 스스로의 실력과 운을 자신하며 당연한 결과라고 생각했겠지만, 이래저래 마음고생을 하다 보니 괜한 걱정을 하게 된다.

지금까지 확인된 바에 따르면 보안이 철저한 이 건물의 특성상 상당히 많은 수의 CCTV가 설치되어 있었다. 어떤 주의 깊은 사람이 지나간다고 해도 한 곳의 CCTV를 끄지 않는 이상 사각이라 할 만한 곳을 찾기는 어려웠다. 단, 사람이라는 전제하에서 그렇다는 것이다. 나는 사람이 아니다.

배치도를 머릿속에서 다시 정리해보았다.

엘리베이터(1), 수술실(3), 테스트실(3), 연구실(6), 개인실(6), 도서실(1), 공용 샤워실(2), 체력 단련실(1), 식당(1), 휴게실(2), 약품 창고(2), 기자재 창고(2), 보안실(1), 설비실(1).

배치도와 실물의 차이는 없었다.

다음은 출입 카드의 보안 등급이다. 출입 카드를 바로 사용하면서 확인하고 싶지만 아무리 원시적이라 해도 요즘 같은 세상에 카드 사용 기록조차 남지 않는 시스템일지에 대해서는 장담할 수가 없었다. 불안 요소가 너무 많다면 일단은 보류한다. 만약의 사태에 대비하여 카드 사용은 최소화하기로 했다. 절대로 문제를 일으켜서는 안 된다.

일단은 문밖에서 카드를 대는 곳의 색깔만으로도 보안 등급을 확인할 수가 있기 때문에 굳이 불필요한 모험을 할 이유는 없었다. 개인실이나 운동 및 편의 시설 이외의 모든 방은 출입 카드를 사용했다. 연구실은 개인별로 사용했기 때문에 각자의 카드로만 드나들 수 있었다.

우선 내가 갖고 있는 초록색 카드는 일반 등급으로, 드나들 수 있는 곳이 지극히 한정되어 있었다. 정상적으로 출입이 가능한 곳은 내 방을 제외하면 세 군데. 제1수술실, 제1테스트실, 도서실이 전부였다. 결국 개별 연구실을 포함한 대부분의 장소가 출입 불가 지역이라는 이야기였다. 그래도 없는 것보다는 나을 거라고 스스로를 위로했다.

이번 조사에서 발견한 특이한 점을 하나 꼽자면, 환풍구나 작은 동물이 지나다닐 가능성이 있을 법한 곳에 설치된 트랩의 종류였다. 이전에는 아무 생각 없이 지나쳤는데 끈끈이형, 스프링형 같은 모든 종류의 트랩을 꼼꼼히 살펴본 결과 이것들은 하나같이 쥐에게 치명상을 입히기 위한 것이었다.

카즈야가 말했던 잃어버린 쥐를 잡기 위한 장치라고 하기에는 지나치게 위험했다. 애초에 그 쥐들이 다시 돌아온다는 생각 자체도 이해하기 힘들었지만, 더욱 기가 막힌 것은 트랩의 수와 용도였다. 이건 잃어버린 쥐를 되찾기 위한 것이 아니라 그들의 존재 자체를 말소하기 위한 것으로밖에 보이지 않았다.

그게 아니라면 내가 알지 못하는 또 다른 무언가가 있는 것인지도 몰랐다. 내가 발견한 것은 그저 위협을 위한 것이고 실제로는 일반적인 들쥐 같은 것을 잡는 것이라거나, 모르모트를 생포하기 위한 특수한 장치가 따로 준비되어 있었다거나. 진실이 무엇이든 내가 취할 행동에 변함은 없다. 운명의 시간은 조금씩 다가오고 있었다.

- 17 -

오늘 밤에는 환풍구로 이동 가능한 공간을 조사할 계획이었다. 먼저 환풍구의 전체적인 연결 상태를 파악했다. 일이 너무 잘 풀린다 했더니, 이내 문제가 발생했다. 환풍구로 이어지는 통로를 모두 둘러본 결과, 모든 방의 환풍구가 어느 한 곳으로 연결되어 있는 것은 아니었다.

환풍구로 이어진 곳이 있는가 하면 몇몇 방의 경우에는 복도로 내려가서 다른 환풍구를 통해 진입해야 했다. 아예 다른 방이나 복도 쪽의 환풍구에서 진입하는 것 자체가 불가능한 곳도 있었다. 환풍구를 지나면서 배치도와 비교해본 결과 보안실, 설비실 그리고 개별 연구실 중 일부로 추정되었다. 문제는 그중에서 초록색 카드로 들어갈 수 있는 곳은 단 한 군데도 없다는 것이었다.

'결국 보안 카드는 무용지물인 건가.'

그 부분을 어떻게 해결할지는 나중에 차차 생각할 문제였다. 시간을 아껴야 했다. 지금은 환풍구로 들어갈 수 있는 곳을 먼저 살펴보아야 했다. 빠르게 둘러본다면 서너 군데는 더 돌아볼 수 있는 시간이 남아 있었다.

먼저 켄지의 방으로 들어갔다. 조심스럽게 방 안을 살펴보았다. 켄지가 잠든 것을 확인하고 시선을 책상으로 돌렸을 때, 나는 그 자리에 얼어붙은 것처럼 꼼짝도 할 수 없었다. 이건 대체….

책상에는 전문 서적 몇 권과 컴퓨터, 모니터가 있었다. 그 외에는 사진을 끼워둔 액자가 전부였다. 그저 단순히 액자를 올려놓았다고 생각하기에는 그 수가 지나치게 많았다. 게다가 그 안에는 모두 같은 여성이 자리하고 있었다. 사진을 볼 때마다 머리가 지끈거렸다.

고개를 돌려 켄지의 얼굴을 한참 동안 쳐다보았다. 그러고 나서 생각했다.

'이 여자를… 이 여자를 어디선가… 만난 적이 있었나? 대체 어디서? 이 여자는 켄지의 무엇이지?'

한참을 멍하니 있다가 책상 구석에 뒤집혀 있는 액자 하나를 발견했다. 켄지가 눈을 뜨면 어떻게 대처해야 할지 걱정을 하면서도 내 의지와는 상관없이 내 발이 그곳을 향해 서서히 전진하고 있었다. 나 자신도 내 행동을 막을 수가 없었다. 액자 앞에 서서 서서히 몸을 숙였다. 막 액자를 앞발로 잡으려 할 때였다.

삐이익! 삐이익!

전등에 불이 켜지고 요란한 사이렌 소리가 울리기 시작했다. 켄지가 침대에서 벌떡 일어났다.

'이런! 빨리 환풍구까지 가야 하는데.'

나는 너무 놀란 나머지 도망치다가 전선에 걸려 넘어질 뻔했다. 전선에 걸려 넘어지는 그 짧은 순간에도 동물적인 감각으로 전원 선을 낚아챘다. 동물적인 감각이 아니라 그냥 동물이지만…. 덕분에 시끄럽게 넘어지는 소리가 나는 것만은 겨우 막을 수 있었다.

그런데… 선을 잡고 간신히 매달려 있기는 했지만 미끄러운데다 몸의 무게를 감당하기가 쉽지 않았다. 선을 놓칠 것만 같았다.

'여기서 넘어지면 들켜버릴지도 몰라. 조금만 힘을 내자. 조금만.'

속으로 끙끙거리며 겨우 버티고 있었다.

'어떻게 하지? 미끄러진다. 제발….'

얼굴의 힘줄이 터질 지경이었다. 더 이상 버틸 수 없다는 생각을 하고 있을 때, 갑자기 켄지의 움직임이 멈추는 것 같았다.

'헉! 들킨 건가?'

다행히도 아닌 것 같았다. 재빨리 옷을 걸치고 문밖으로 나가는 켄지의 뒷모습이 보였기 때문이다. 나는 안도의 한숨을 내쉬며 앞발을 놓았다.

털썩.

에구구.

그래도 켄지에게 들키지 않아서 다행이라는 한가한 생각을 하다가 문득 일이 잘못되었다는 것을 깨달았다. 금방 알 수 있는 일이었는데…. 요란한 사이렌이 위험을 알린 지금 켄지가 가장 먼저 찾아갈 곳은 바로 내 방일 터였다. 뒤도 돌아보지 않고 환풍구를 향해 냅다 달렸다. 예의 멍청한 트랩이 나를 막았지만 거들떠보지도 않다시피 달렸다. 순식간에 트랩을 피한 다음, 내 방을 향해 쭉 달려갔다. 이제 왼쪽으로 돌고 나서 다시 앞으로 가다 보면…이라고 생각한 순간, 저만치 앞에 작은 물체가 보였다.

'저건 뭐지? 아까 출발할 때는 없었는데….'

떨어진 거리로 대충 짐작해보건대 나하고 비슷한 크기가 아니면 조금 더 큰 정도로 보였다. 그것이 무엇인지 대충 짐작할 수 있었다. 가까운 거리에 있지는 않았지만 분명 나와 같은 쥐의 형태를 하고 있었다. 거기에서 나를 바라보며 천천히 다가오고 있는 것이 다름 아닌 쥐라고 생각하니 그래도 조금은 안심이 되었다.

'엄청 느려!'

너무 느려서 나도 모르게 그런 생각이 들었다.

'아차! 이럴 여유가 없지.'

이대로는 위험했다.

사이렌이 울리고 켄지가 내 방으로 향한 시간을 생각해보면 저쪽의 느려터진 동족과 한가하게 인사를 나눌 시간은 없을 것 같았다. 일단은 무시하고 그냥 지나가야 한다. 그때였다. 내 쪽으로 다가오는 쥐의 모습을 보면서 무언가가 잘못되었다는 것을 느낀 것은.

"오늘은 잘못되는 일이 참 많은걸…."

그렇게 중얼거리며 정면을 바라보았다. 무표정한 얼굴로 나를 쳐다보고 있던 녀석의 모습이 일순간 변화하는 것을 느꼈다. 마치 나를 보고 이리로 오라고 손짓하는 것처럼 미소를 띠며 나를 응시하고 있었다. 이유는 알 수 없었지만 식은땀이 흐르는 것이 느껴졌다. 나는 아무것도 할 수 없었다. 등골을 서늘하게 만드는 오싹한 미소를 그저 바라볼 수밖에 없었다.

2
그들의 시간

- 1 -

요코는 정신을 잃지 않으려고 애를 쓰면서 기억을 더듬어보았다. 몸의 어딘가가 이상하다고 느낀 것은 3일 전. 그 일이 있은 다음 날 오후부터였다. 처음에는 그저 지나치게 신경을 쓴 탓이라 생각했다. 약간의 피로감과 식욕 감퇴 그리고 눈앞이 뿌옇게 흐려진 느낌이었다. 하지만 지금에야 확실히 깨달았다. 그런 단순한 일이 아니라는 것을.

'큰일이야. 온몸에 힘이 없어.'

요코에게는 이미 몸을 지탱할 힘이 남아 있지 않았다. 워낙에 급격히 진행된 탓에 어떻게 손쓸 겨를도 없이 바닥에 쓰러졌다. 거기에 비해 의식은 비교적 또렷했기 때문에 있는 힘껏 소리를 질러보았다.

'도와줘! 누가 좀 도와주세요!'

그녀는 겁에 질려 있었다. 목소리가 나오지 않는 것이었다.

'타츠야! 켄지!'

그녀가 부른 이름 대신 '어버버' 하는 소리가 들릴 뿐이었다.

'방금 이게 내 목에서 나온 소리야?'

이 끔찍한 상황이 실제로 일어나는 일이 아니라고 믿고 싶었다. 누군가 장난기 가득한 목소리로 모든 것이 꿈이었다고 말해주기를 바랐다. 하지만 그녀는 알고 있었다. 슬프게도 이 모든 것이 현실이라는 것을….

다음에는 그런 소리조차 낼 수 없을 것 같았다. 입 주변의 신경이 마비되는 것 같은 느낌을 받고 있었다. 그녀는 슬픈 표정으로 눈을 감았다. 이내 얼굴의 근육과 함께 그녀의 표정도 딱딱하게 굳어가고 있었다.

'타츠야….'

사랑하는 연인의 얼굴을 떠올렸다. 그의 이름을 애타게 불러보았지만 그녀의 목소리는 어디에도 닿을 수 없었다. 그녀는 마지막 힘을 짜내어 입을 움직였다.

'사랑해. 그리고 미안해….'

분명 그런 모양이었다.

\- 2-

고풍스러운 느낌의 건물과 그 앞에 자리한 낡은 벤치. 푸른 하늘을 유유히 떠가는 뭉게구름 사이로 싱그러운 봄 햇살이 내려앉는다. 눈을 감은 채 오래된 벤치에 앉아 따스한 봄기운을 느끼고 있는 남자가 있었다. 미소년이라는 단어를 떠올리게 하는 얼굴이다. 오랜 세월 벤치를 지키고 서 있는 커다란 나무의 길쭉한 가지 끝에서 내려온 나뭇잎 하나가 [그]의 콧등 위를 미끄러져 내린다. 상쾌한 바람이 불어오자 이마를 살짝 가리고 있던 머리카락이 부드럽게 흩날린다. [그]는 머릿속으로 그녀를 그리기 시작한다.

작은 계란형 얼굴이었다. 그 안에 깃든 우아함을 어떻게 말로 표현할 수 있을까. 우윳빛의 고운 피부와 완벽한 조화를 이루는 갈색 눈동자. 커다란 눈망울 사이로 오뚝하게 솟아오른 콧날, 은은하면서도 깊이가 있는 미소를 더욱 돋보이게 만드는 가지런한 치아. 그 어떠한 말로도 그녀를 완벽히 표현할 수는 없었다.

한참 수준 높은 인물화가 완성되어가고 있다는 생각에 흐뭇한 미소를 지을 때였다. 그녀의 목소리가 귓가에서 살랑거리고, 눈을 뜨자 환한 미소와 함께 손을 흔드는 그녀의 모습이 [그]의 마음을 가득 채웠다.

'아무리 열심히 그려봐도 실물을 따라갈 순 없지.'

"오래 기다렸지?"

"아니, 나도 이제 막 도착했어."

"켄지는?"

"걔는 항상 느긋하잖아."

[그]의 말이 끝나기 무섭게 켄지의 모습이 보이기 시작한다. 호리호리한 몸매와 대조적인 느릿하고 여유가 넘치는 걸음이었다.

[그]와 켄지는 어린 시절 동네 놀이터에서 온몸이 흙투성이가 될 때까지 함께 뒹굴던 사이였다. 초등학교 4학년 여름, [그]의 옆집에 그녀가 이사 오기 전까지는 항상 켄지와 함께였다. 물론 그녀의 등장으로 켄지와의 사이가 멀어지거나 하는 일은 없었다. 단지 둘이 셋으로 바뀌었을 뿐이었다.

돌이켜보면 그들은 꽤나 오랜 시간을 함께했다. 당연히 수많은 일을 함께 겪고, 고민하고, 이겨내면서 성장해왔다. 그녀를 두고 켄지와 다투던 일이 떠올랐다. 결과적으로 [그]가 그녀의 선택을 받긴 했지만 켄지가 어떤 일에 그렇게 적극적으로 나서는 모습을 본 것은 그때가 처음이었다.

'켄지에게도 이런 면이 있었구나.'

그렇게 생각했다.

하지만 그들이 함께 겪은 가장 큰 일이라고 하면 역시 그녀의 동생이 사고로 쓰러진 일이었다. 소식을 들은 [그]와 켄지가 병원에 도착하자, 병실 앞 복도 의자에 혼자 앉아 있던 그녀는 참았던 울음을 터뜨렸다.

엉엉….

그녀의 울음은 한참 동안 그치지 않았다. [그]가 할 수 있는 일이라곤 그저 서럽게 우는 모습을 바라보는 것 말고는 아무것도 없었다. [그]는 그런 자신이 한없이 초라하게 느껴졌다. 고개를 돌려 켄지를 바라보았다. 고개를 숙이고 주먹을 꼭 쥔 켄지의 눈에도 눈물이 고여 있었다. 어지간히 분했나 보다. 느긋한 성격의 켄지지만 그녀의 일에는 그렇지 않다는 사실을 다시 한 번 확인할 수 있었다.

- 3 -

[그]는 눈을 가리고 있었다. 그것은 그녀와 켄지도 마찬가지였다. 세 사람은 모리야마 박사가 소장직을 맡게 된 연구소로 이동하는 중이었다.

그들은 차량으로 한참을 이동한 후 다시 헬기에 몸을 맡겼다. 도대체 어디로 향해 가는 것인지 짐작조차 할 수 없었다. 이윽고 헬기의 움직임이 멈추자 이번에는 시끄러운 기계음이 귓가를 때리기 시작했다. 그곳에서 다시 엘리베이터에 몸을 맡긴 채 깊이를 가늠하기 어려운 지하로 내려가고 있었다. 엘리베이터가 멈추고 문이 열리자 의뢰인의 목소리가 들렸다. 의뢰인은 자신을 T라고 소개했다.

"이제 눈가리개를 푸셔도 됩니다, 여러분."

눈을 뜬 그들의 앞에 상상도 하지 못한 광경이 펼쳐졌다.

다들 입이 떡 벌어졌다. 켄지가 [그]를 향해 속삭였다.

"이런 깊숙한 지하에 이 정도 규모의 시설이 있을 수 있는 거야?"

얼핏 보기에도 단순히 넓기만 한 곳은 아니었다.

T가 웃으며 말했다.

"워낙에 중요한 기밀 시설이다 보니 결례를 범했습니다. 이해해주시기 바랍니다."

귓가를 자극하던 소음은 어느새 자취를 감추었다. 그들은 미끄러질 듯이 반짝거리는 복도를 지나며 개인 공간에서부터 의료 시설까지 시설의 전반을 쭉 둘러보았다. 어디 한 군데 흠 잡을 곳이 없었다.

"정말 넓다. 의료 장비도 전부 최첨단이네."

"휴게실도 꽤 넓은데?"

휴게실은 유원지의 화원 같은 느낌이었다. 시원한 시냇물 소리와 깊은 숲속의 꽃향기를 싣고 지나는 바람에 이르기까지. 노란 나비가 그녀의 가슴을 뚫고 지나가기 전까지는 전혀 눈치채지 못할 정도였다.

"홀로그램인가. 이토록 사실적이라니…."

휴게실에 놓인 게임기를 본 켄지가 익살스러운 표정으로 말했다.

"오랜만에 한판 붙어볼까?"

[그]가 천진난만한 표정으로 대답한다.

"좋지."

그녀가 '정말 못 말리겠네' 하는 표정으로 둘을 지켜보고 있다.

"흠흠."

모리야마 박사가 헛기침을 했다. 둘은 머쓱한 표정으로 머리를 긁적였다.

"소개하지. 앞으로 우리와 함께 뇌과학의 새로운 지평을 열게 될 카즈야 군이네."

"안녕하십니까. 키리야마 카즈야라고 합니다. 잘 부탁드립니다."

자신을 카즈야라고 소개한 성격 좋아 보이는 남자는 의뢰인인 T에게 직접 스카우트된 엘리트였다. [그]를 비롯한 친구들보다 세 살 위인 카즈야는 유사 프로젝트 참여 횟수나 공식적인 연구 실적이 상당한 듯했다.

뒤이어 T가 다시 한 번 매뉴얼을 읊었다.

"모리야마 박사님이 요청하신 재료와 설비 그리고 가능한 모든 편의를 제공하기 위해 노력했습니다. 이후에도 부족함 없는 생활을 약속드리겠습니다. 단, 이곳에서 떠나는 것은 허락되지 않습니다. 휴대전화는 물론 외부와 접촉할 수 있는 어떠한 기기도 허락되지 않는다는 사실 역시 알고 계시리라 생각합니다. 피치 못할 상황이 발생할 경우에 한해 모리야마 박사님을 통해 외부와 연락이 가능합니다."

올라갈 방법도 없는 깊은 지하에서 T의 기계적인 목소리로 빽빽

한 규칙을 듣고 있자니 계약서에 서명을 할 때와는 또 다른 압박감이 느껴졌다. 그러고 보니 잡지, TV, 비디오, 게임기, 모두 단방향 서비스 일색이었다. 인터넷 역시 의학과 관련한 극히 제한된 범위 내에서만 사용이 가능한 것 같았다. 켄지는 괜히 불안했는지 약한 소리를 내뱉었다.

"이대로 영영 빛을 보지 못한다거나 하는 일은 없겠지?"

[그]는 나무라듯 대꾸했다.

"무슨 소릴 하는 거야? 우리가 왜 여기에 온 건지 벌써 잊었어?"

"그럴 리가 있나."

그들은 사이좋게 최고의 권위를 자랑하는 T대학 의대에 입학했고, 마찬가지로 사이좋게 졸업 시험에 통과했다. 켄지의 졸업이 약간 위태롭긴 했었지만. 그녀의 동생이 사고를 당한 그날 저녁 세 사람은 의사가 되어 동생을 완치시킬 것을 약속했다. 그들은 지금 이곳에 함께 서 있었고 철없던 시절의 약속은 점점 현실이 되어가고 있었다.

- 4 -

그로부터 3년 후.

셋은 휴게실에 앉아 차를 마시고 있었다. 부스스한 머리, 짙게 드리운 다크서클. 다들 피곤한 기색이 역력했다. 이전에 그들의 눈을 휘둥그레 하게 만들던 모든 것이 의미를 잃을 정도의 답답한 시간이 이어지고 있었다. 물소리도, 바람 소리도, 계절에 따라 변화하는 곤충의 모습도, 어떠한 것도 그들의 마음을 시원하게 뚫어주지 못했다.

켄지가 먼저 입을 열었다.

"야, 뭔가 할 말 없어?"

"무슨?"

"음… 아무 말이나…."

그녀의 표정이 갑자기 어두워졌다.

"미안해, 다들. 나 때문에."

켄지는 뭔가 말실수를 한 것 같다는 생각에 당황한 모습이었다.

[그]가 말했다.

"무슨 소리야? 켄지도 나도 좋아서 시작한 일이야. 나 자신을 위한 일이야."

"맞아, 맞아. 내가 하고 싶어서 시작한 거야."

"네가 아니라 켄지가 그런 일을 당했다 하더라도 내 선택은 같았을 거야. 그리고 내가 그런 일을 당했다면 너희들도 같은 선택을 했을 거라고 생각해."

"그건 그렇지만…."

그녀는 말끝을 흐렸다.

"그럼 된 거야."

[그]는 기지개를 한번 쭉 펴더니 자리에서 일어났다.

"가자! 고지가 얼마 남지 않았어."

"그래."

사실 그 말은 거짓이었다. 켄지와 그녀도 당연히 알고 있었다.

'고지가 얼마 남지 않았다.'

3년째 같은 말을 반복하고 있다. 물론 성과가 아주 없었던 것은 아니지만 어느 순간부터 연구는 보이지 않는 벽에 부딪혔고 오랜 기간 동안 정체기를 겪고 있었다.

처음에는 금방이라도 원하는 결과를 얻을 수 있을 것처럼 보였다. 그들은 실험용 쥐에게 인간의 뇌 일부를 이식하는 이종 간 이식 수술에 성공했다. 수술 후 회복 과정에서 인간의 언어를 구사하기 위한 프로그램까지 완성했다.

"찍찍찍… 안…녕…."

켄지가 소리쳤다.

"이것 봐! 정말 말을 했다고."

그 감격스러운 모습을 말없이 바라보는 그녀의 눈동자는 희망으로 가득 차 있었다. 모든 것이 순조롭게 진행되고 있다고 생각한 순간, 문제가 발생했다.

털썩!

힘겹게 안녕이라는 말을 꺼낸 no10은 그 말 한마디에 마치 모든 에너지를 쏟아 붓기라도 한 듯 그대로 쓰러져버렸다. 그 후에도 유사한 사례가 빈번하게 발생했다. 문제는 거기에서 그치지 않았다. 그 단계를 넘어서 생존한 녀석들은 원래 인간의 지능에 비해 현저하게 낮은 수준에 그치거나 한 달을 넘기지 못하고 죽어버리기도 했다.

[그]는 결국 어떠한 결론에 도달하게 되었고, 수술 자체에 회의적인 시선을 갖게 되었다.

“박사님.”

“왜 그러는가.”

“이미 알고 계시리라 생각합니다만, 현재의 방법을 고수해서는 더 이상의 긍정적인 결과를 얻기 힘들지 않을까 싶습니다. 지금이라도 완전히 새로운 시각에서 다시 시작하는 편이….”

“나도 알고 있네. 지금은 도너와 리시피언트의 상태에 따라 결과가 좌우되는 경향이 있어. 그렇다고 해서 완전히 판을 갈아엎는다는 것은 아무래도…. 재료는 충분하니 도너와 리시피언트의 적합도 테스트를 개선하는 방향으로 해보세.”

“네, 알겠습니다.”

‘모리야마 박사님은 시간에 쫓기고 있어. 그 심정을 이해하지 못하는 것은 아니지만….’

그러던 어느 날이었다. 운이 좋았던 것일까? 노력의 결실이었을까? 그들은 끝내 만나게 되었다. 조그마한 뇌 속에 인간의 지성과 의지를 그대로 담고 있는 위대한 생명체를….

no69.

- 5 -

"안 돼! 이럴 수가!"

켄지는 정신이 나간 것 같은 모습이었다. no69의 우리 앞에 서서 머리를 부여잡고 실성한 듯 같은 말을 몇 번이나 외쳤다. [그]는 불안한 예감이 빗겨가기를 바라며 켄지의 곁으로 다가갔다.

워낙에 소란스러운 상황이다 보니 하나둘 켄지의 주변으로 모이기 시작했다.

가장 먼저 도착한 [그]가 텅 빈 우리를 바라보며 떨리는 목소리로 말했다.

"켄지, 너 설마…."

"아… 이제 어떻게 해. 내가 우리를 열어두고 자리를 비웠나 봐."

"그게 무슨 소린가?"

모리야마 박사는 망연자실한 모습이었다. 그럴 만도 했다. no69는 한 달에 가까운 시간 동안 건강한 신체를 유지하고 있는데다 인간의 언어도 상당한 수준에 올라와 있었다. [그]가 상기된 표정으로 입을 열기 직전에 그녀가 [그]의 손을 잡았다. [그]는 그녀가 고개를 좌우로 흔드는 모습을 보고 이내 평정심을 되찾았다.

다들 어떤 말도 하지 못했다.

카즈야가 나서더니 켄지를 위한 변명을 해주었다.

"죄송합니다, 박사님. 켄지가 담당이라고는 하지만 제가 바로 근처에 있으면서도 전혀 눈치채지 못했습니다. 소중한 실험체인 만큼 담당이 아니더라도 함께 신경을 쓰는 것이 당연한 일인데…."

모리야마 박사는 여전히 말이 없었다. 켄지는 고개를 숙이고 계속 같은 말만 되풀이했다.

"죄송합니다. 정말 죄송합니다."

모리야마 박사는 조용히 연구실을 나섰다. [그]도 그런 켄지의 모습이 안타까웠다. 켄지의 등을 툭하고 살짝 두드리고는 말없이 발길을 돌렸다. 뒤편에서는 그녀와 카즈야가 켄지를 위로하는 듯한 소리가 들렸다.

무언가에 홀린 듯, 켄지의 실수는 거기에서 그치지 않았다. 대략 2개월 후 새로운 희망인 no73이 등장했지만, 다시 한 달 정도의 시간이 흐른 뒤 어디론가 사라져버렸다. 다음엔 no78이었다. 이것으로 세 번째였다. 이번에는 모리야마 박사도 폭발해버렸다.

"자네는 대체 뭐하는 사람인가! 연구를 도우려고 온 건가, 훼방을 놓으러 온 건가! 대체 어쩌자는 거야? 어디 무슨 말이라도 해보라고! 젠장!"

모리야마 박사는 문이 열린 채 텅 비어 있는 우리를 집어던져버렸다. 다들 벽에 부딪혀 산산조각이 나버린 우리를 멍하니 바라보고 있었다. [그]도, 그녀도 이제는 지쳐가고 있었다. 무슨 말을 해야 할지 아무 생각도 떠오르지 않았다. 이번에도 카즈야가 나섰다.

"박사님, 일련의 사건을 겪으면서 제가 생각해둔 것이 있습니다. 켄지를 도와 간단한 보안 시스템을 구축해볼까 합니다. 도망간 쥐들을 회수하는 시스템도 함께 구상해둔 상태입니다."

"그런 것이 가능하겠는가?"

"네, 예전부터 그런 쪽에 관심이 있었습니다. 학창 시절엔 로봇 경연대회에서 수상한 경력도 있습니다."

"됐네, 그렇게까지 이야기하지 않아도 카즈야 군이 하는 일이라면 믿을 만하겠지."

켄지는 다시 한 번 고개를 떨어뜨렸다.

\- 6 -

[그]는 시끄러운 고함 소리에 눈을 떴다. 잠깐 잠이 들었나 보다.

[그]는 가운을 걸치고 복도로 나갔다.

드르르륵, 드르르륵.

누군가를 실은 간이침대가 막 [그]의 방 앞을 지나갔다. 켄지와 카즈야가 다급하게 침대를 밀고 있었고, 침통한 표정의 모리야마 박사가 그 뒤를 따르고 있었다. 침대에 누워 있는 사람은 다름 아닌 그녀였다.

[그]는 생각할 여유도 없이 그들을 따라 달리기 시작했다. 그녀의 아름다운 얼굴이 생기를 잃어가고 있었다. 그녀는 거의 정신이 없는 와중에도 무언가 중얼거리는 것 같은 모습이었다. 하지만 어떠한 소리도 밖으로 나오지는 않았다. 그저 선명하고 도톰한 입술이 위아래로 미세하게 움직일 뿐이었다.

[그]는 속이 타들어가는 느낌이었지만 어쩔 도리가 없었다. 모리야마 박사가 엘리베이터 출입문을 열고 침대를 밀어 넣는 모습을 멍하니 바라볼 수밖에 없었다. 영문도 모른 채 그녀를 떠나보낸 [그]는 망연자실한 표정으로 서 있었다.

잠시 후 모리야마 박사와 카즈야가 말없이 자리를 떠나고, 켄지와 [그]만 남았다.

“켄지… 어떻게 된 거야?”

“자세한 이야기는 안 해주시더라. 방법이 없었대. 확실한 건 여기에서는 손을 쓸 방법이 없었다는 거야.”

"우리가 알면 안 될 일인가?"

"무슨 사정이 있겠지. 꼬치꼬치 묻는 것도 그렇잖아. 다행스러운 점은 모리야마 박사님이 빠르게 외부와 연락을 취했다는 거야. 적절한 치료를 받을 수 있을 거래. 상황을 봐서 경과를 알려주신대."

"그래…."

이곳에서 외부로 나간다는 것은 상상을 초월하게 힘든 일이라는 점을 감안하면 상당히 큰 병임을 짐작게 했다.

'어째서 눈치채지 못했을까!'

[그]는 자신에게 화가 나기 시작했다. 그녀와 개인적으로 만난 것은 이틀 전 저녁이 마지막이었다.

"괜찮아? 안색이 좋지 않은데?"

"별것 아냐. 피로가 누적된 것 같아. 좀 쉬면 좋아질 거야."

"그래? 무리하지 마. 충분히 휴식을 취하면 다시 찾아올게."

"응, 고마워."

그것이 전부였다. 따지고 보면 피로하지 않은 날이 더 적었기 때문에 그냥 그러려니 하고 넘겨버린 것이다. 게다가 그녀를 배려한답시고 체력을 회복하기를 기다리던 사이에 그런 일이 일어나버렸다.

병명이 궁금했지만 모리야마 박사도 충격에서 벗어나지 못한 상황이었다. 게다가 모리야마 박사가 어떤 사람인가. 그 모리야마 박사의 판단이다. 이곳에서는 다른 방법이 없다고 보는 편이 정확할 것이다.

- 7 -

달칵.

[그]는 발을 내딛었다. 상큼하게 퍼지는 그녀의 향기와 텅 비어 있는 방이 대조를 이루고, [그]는 더 이상 이곳에서 그녀를 만날 수 없다는 사실을 실감하고 있었다. 세련된 외모와 달리 소탈한 그녀의 성격이 그대로 묻어나는 방이었다.

[그]의 시선이 그녀의 자취를 따라 천천히 움직였다. 샤워실 문을 지나 깜찍한 캐릭터가 들어간 달력으로 이동했다. 그리고 책상 위, 학술 서적들, [그]와 함께 찍은 사진 그리고…. 두 번째 책상 서랍이 아주 미세하게 튀어나와 있었다. 서랍을 열자, 고급스러운 책자가 눈에 띄었다.

'스케줄러인가?'

평상시라면 들여다볼 생각 따윈 하지 않았겠지만, 어째서인지 [그]는 이미 스케줄러를 펴고 있었다. 간단한 일상의 기록이나 연구 일지를 겸한 메모가 대부분이었다. 거의 하루도 빠지지 않고 작성하다가 4일 전에 처음으로 하루를 걸렀다는 점이 마음에 걸렸다. 그리고 바로 다음 날이 마지막 기록이었다.

'대체 이게 뭐야?'

[그]의 눈이 커지고 심장이 두근거리기 시작했다. 아래쪽으로 내려

갈수록 펜의 색이 옅어지고 있었다. 글씨 역시 가늘고 힘이 없어진다는 느낌이 역력했다. 메모는 도중에 끊어져버렸고, 그 내용으로 미루어보건대, 그녀는 무언가 큰일을 겪었음이 틀림없었다. [그]의 두뇌가 빠르게 회전하기 시작했다.

그렇다면 그녀는….

팟!

순간 머릿속에서 무언가 번쩍하고 빛난 것 같았다.

그녀는…이라고?

그녀의 얼굴을 떠올려보았다.

'계란형 얼굴에… 계란형… 이럴 수가! 기억이 나질 않는다!'

그녀의 환한 미소, 그녀의 따스한 숨결, 그녀의 부드러운 손짓, 그녀의 이름조차 기억이 나지 않았다. 그제야 깨달았다. 언제부터인지는 알 수 없지만 [그]는 자신의 이름조차도 기억하지 못했다.

갑자기 뒤에서 그녀가 [그]를 불렀다.

'아니? 어떻게?'

고개를 돌리자, 거기에는 얼굴이 없는 여자가 서 있었다. 조금 더 정확히 표현하자면 얼굴을 알 수 없는 여자였다. 바로 앞에서 보고 있지만 그 형태를 인식할 수가 없었다.

'이럴 수가….'

[그]는 망연자실해 주저앉았다. [그]의 인생에서 그녀는 누구보다

도 소중한 존재일 터였다. 정신이 몽롱해진다. 모든 기억이 짙은 안개 속에서 흐릿한 모습으로 그려지고 있었다. 그녀를 처음 만난 순간이 지워지고 있었다. 그녀와 첫 키스를 하던 날도… 그리고 그녀의 입술도… 하나둘 지워지고 있었다.

[그]가 처음으로 그녀를 위한 삶을 살겠다고 다짐하던 날. 그때를 떠올리려 애를 써보았다. 그 순간 [그]는 생각했다. 그런 날이 과연 있기나 했었는지… 혹은 없었던 것은 아니었는지….

솔직히 잘 기억이 나지 않았다.

'아… 그건 그렇고…. 조금 전까지 아주 중요한 일을 하고 있었던 것 같은데….'

지금은 전혀 기억이 나지 않는다. 아무것도.

- 8 -

[그]는 모리야마 박사의 방에 몰래 숨어들어갔다. 목덜미를 흘러내리는 굵은 땀방울이 긴장감을 더욱 고조시킨다. 4일 전, 그녀는 이곳에 있었다. 그녀의 메모에는 분명 그렇게 적혀 있었다.

모리야마 박사의 건강 상태를 걱정한 그녀는 주인이 없는 빈 방 안에 앉아 있었다. 아마도 이 의자 위에서 아버지가 돌아오기를 기다리다가 언제나 그랬듯 반가운 액자를 발견하게 된 것 같았다. 바로 방안 한복판에 있는 저 액자다. 그 안에는 그녀의 어머니와 동생을 포함한 가족이 함께 찍은 사진이 들어 있다.

네 사람 모두 누구라도 부러워할 만큼 행복한 미소를 머금고 있다. 하지만 그런 행복한 모습이 오히려 그녀의 마음을 아프게 했음이 틀림없다. 그녀는 어머니의 죽음과 동생의 사고를 겪은 뒤로, 마지막 남은 아버지마저 자신의 눈앞에서 사라질까 봐 항상 두려워했다. 사진 속의 남성은 도저히 현재의 모리야마 박사와 동일 인물이라고는 보기 힘들 정도로 밝은 모습이었다.

마치 그 시절로 돌아간 듯한 기분을 느끼면서 액자를 껴안고 다시 제자리에 두는 과정에서 뒤쪽에 가려져 있던 문제의 장치를 발견하게 된 것이리라. [그]는 그녀가 취했을 동작을 그대로 재현해본다. 장치에 힘을 주자 자물쇠 같은 것이 움직이는 소리가 들렸다. 약간의 힘을 가하자 벽면은 별다른 저항 없이 쉽게 열렸고, 그 아래로 비좁은 통로와 계단이 눈에 들어왔다. 그녀가 느꼈을 두려움이 [그]에게도 고스란히 전해지는 듯하다.

[그]는 계단을 지나 한 치 앞도 보이지 않는 캄캄한 공간으로 들어갔다. 오래된 듯 불쾌하고 퀴퀴한 냄새에 알코올 냄새까지 더해져서 두통이 생길 지경이었다. 주변의 물건에 부딪히지 않게 주의하면서 조심스럽게 벽을 더듬었다. 스위치의 감촉이 느껴졌다. 분명 그녀의

메모는 불을 켜고 무언가를 확인하는 장면에서 끊어졌다.

[그]는 마른침을 한 번 삼킨 다음, 스위치를 올렸다. 딸깍하는 소리와 함께 주변이 환해졌다. [그]는 한동안 자신의 앞에 펼쳐진 광경을 멍하니 바라만 보고 있었다.

"이럴 수가…."

적지 않은 충격에 잠시 동안 멍하니 서 있던 [그]는 마음을 가다듬고 해야 할 일을 생각했다. 우선 그곳에서 일어난 일을 재빨리 머릿속에 담았다. 작은 부분도 놓치지 않으려고 애썼다. 그러던 중 눈에 익은 두 글자가 [그]의 두 눈에 충격을 전달했다.

요코!

[그]가 잊어버린 이름이었다. 그녀의 이름은 요코였다.

"요코…."

[그]는 말을 잇지 못했다. 이제야 생각이 났다. 그녀와 나눈 많은 시간이 다시 밀려오고 있다. 그리고 [그]는 확실히 깨달았다.

'모든 일이 잘못되었다. 그것도 아주 많이….'

머리털이 곤두서고 이마의 혈관은 피부를 뚫고 나올 준비를 마친 것 같았다. 격렬하게 요동치는 심장 소리가 고막을 때렸다. 부들거리는 팔다리를 진정시키려 눈을 감고 심호흡을 했다. 이런 곳에서 모리야마 박사와 마주쳐서는 안 될 일이었다.

손이 떨리는 바람에 생각보다 많은 시간을 소비했다. 방을 원래의 상태로 돌려놓고 복도로 나오자 차트를 바라보며 수술실을 나서는 모리야마 박사의 모습이 보였다. 박사는 [그]가 서 있는 방향으로 움직이기 시작했고, [그] 역시 의심을 사지 않기 위해 자연스럽게 지나치면서 인사를 했다.

그렇게 지나쳤다고 생각했을 때 모리야마 박사가 말을 걸었다.

"자네 방은 반대 방향이 아닌가. 무슨 일이라도 있는 건가?"

"아, 수술실에 놓고 온 물건이 있어서요."

심장이 얼어붙는 것 같았지만 아무 일 없다는 표정으로 대답했다.

"그래? 특별한 건 안 보이던데."

괜히 그런 기분이 드는 것이겠지만, 모리야마 박사가 뭔가를 눈치챘을지도 모른다는 걱정에 식은땀이 흘렀다.

"아, 그런가요? 다른 곳에 뒀나 봅니다."

"뭐, 다시 한 번 잘 찾아보게."

"네. 그렇게 하겠습니다."

그렇게 모리야마 박사에게서 벗어났지만 괜히 찝찝한 기분이 드는 것은 어쩔 수가 없었다. 수술실로 가는 동안에도, 자신의 방에 돌아와서도, 모리야마 박사의 방에서 본 것들이 머리를 떠나지 않았다. 그 이외의 어떠한 일도 지금 [그]의 머리에 들어오지 못했다.

'요코….'

마음속으로 그녀의 이름을 불렀다. 지금까지 겨우 참고 있던 것들이 올라왔다. 화장실로 달려가 변기에 얼굴을 박았다.

우웩! 우웩!

자신이 목격한 모든 것을 토해내고 싶은 마음이었다. [그]의 눈이 굵은 눈물방울을 토해내기 시작했다.

- 9 -

도너의 뇌를 적출하는 작업은 대부분 켄지가 보조를 맡고 있었다. 켄지가 일련의 범죄 행위에 가담했다고는 믿기 힘들었다. 반대로 근거도 없이 무작정 신뢰할 수도 없었다. 그렇다고 카즈야에게 모든 일을 털어놓는다는 것이야말로 위험 부담이 너무 컸다. 도대체 언제부터 이런 일이 지속되어온 것이란 말인가.

그들의 연구는 뇌사 상태나 치매 증상을 고치는 것이 주된 목적이었다. 누군가의 뇌에서 필요한 일부분, 즉 기억이나 특수한 기능을 타인의 뇌로 이식한다. 먼저 동종 또는 이종 간의 뇌 일부를 이식하는 수술을 실시한다. 이후에는 이식의 성공률, 이식된 뇌의 안정화, 기억의 회복 그리고 각종 부작용 사례의 분석을 반복했다. 그렇게 완벽한 이식 프로그램을 만들어가고 있었다.

프로그램의 진행을 위해서는 뇌의 일부를 제공할 도너와 그 뇌를 받아들일 리시피언트가 필요했다. 대부분의 경우 도너는 실험용 쥐가 아니면 죽은 지 얼마 되지 않은 시체였다. 리시피언트는 무조건 실험용 쥐였다. 그것이 프로젝트를 의뢰한 쪽의 요구 사항이었다.

시체라고는 하나 인간의 뇌를 쥐에게 이식한다는 것은 윤리 문제를 야기하기에 충분한 사안이다. 게다가 그야말로 죽은 지 얼마 지나지 않은 따뜻한 시체가 대부분이었다. 시체의 상태나 그 수로 판단하건대, T는 적법한 절차가 아닌 어둠의 루트를 이용하고 있음을 짐작할 수 있었다. 다행스러운 것은 극비리에 이루어지는 프로젝트다 보니 문제를 제기할 사람이 있을 리가 없다는 것이다. 물론 그런 과정을 고민하는 것은 [그]의 몫이 아니었다. [그]는 그저 연구원일 뿐이다.

인간의 뇌를 그런 식으로 다룬다는 것이 썩 내키는 일은 아니었지만 필요한 것 이상으로 많은 생각을 하는 것은 연구에 전혀 도움이 되지 않았다. 그들의 손을 거쳐 간 시체와 실험용 쥐의 뇌는 연구를 위한 재료일 뿐, 그 이상도 그 이하도 아니었다. 그렇게 생각해야만 했다.

문제는 어째서 그곳에 죽은 사람이 아닌 산 사람의 뇌가 보관되어 있느냐 하는 것이다. 물론 [그]가 뇌를 발견한 시점에서 본다면 그들은 이미 죽은 사람이겠지만…. 이러한 일이 언제부터, 얼마나 빈번하게 발생했는지는 알 수 없었다. 확실한 것은 이 연구에는 지속적으로 살아 있는 사람의 머리에서 꺼낸 뇌가 사용되어왔다는 사실이었다.

- 10 -

[그]는 말없이 차를 우려내는 모리야마 박사의 뒷모습을 보면서 추억에 잠긴다.

여느 때와 같이 켄지와 함께 놀이터를 배회하다 집 앞에 멈추어 섰다. 건장한 체구의 멋진 아저씨가 승합차의 뒷좌석에서 커다란 상자를 꺼내고 있었다. 그 옆에는 한 손으로 곰 인형을 가슴에 품고 남은 한 손으로 동생의 손을 꼭 잡고 있는 귀여운 얼굴의 여자 아이가 웃고 있었다. [그]는 켄지와 함께 넋을 잃고 그녀의 웃는 모습을 바라보았다.

요코가 옆집으로 이사 오던 날의 기억이었다. 그때는 모든 시선이 요코에게 집중되어 깨닫지 못했지만, 지금 생각해보면 그녀의 세련된 외모나 늘씬한 몸매가 어디에서 온 것인지를 누구든지 쉽게 짐작할 수 있을 것 같았다.

"뜨거우니 조심하게."

모리야마 박사의 목소리가 [그]를 현실로 돌아오게 만들었고, 정신을 차린 [그]가 두 손으로 차를 받아들었다.

"감사합니다."

조심스럽게 차를 받은 [그]는 모리야마 박사의 손이 심하게 떨린다는 사실을 눈치챘다. 손의 떨림뿐만이 아니었다. 지금의 모리야마 박사에게서 건장한 체구의 멋진 아저씨를 찾기에는 너무 많은 세월이 지난 것 같았다. 세월의 모진 풍파는 박사의 모습을 완전히 바꾸어놓았다. 당장이라도 쓰러질 것 같은 깡마른 몸매에 퀭한 두 눈, 광대뼈가 튀어나온 스타일이 아닌데도 움푹 팬 볼 때문에 한층 두드러져 보이는 광대.

'불과 몇 달 전까지만 하더라도 이 정도는 아니었는데….'

이제부터 [그]가 할 말은 그렇지 않아도 수척해진 박사를 더욱 괴롭히게 되리라. [그]가 뜸을 들이자 박사가 먼저 입을 열었다.

"그래, 이 시간에 어쩐 일인가?"

[그]는 잠시 후, 찻잔을 만지작거리다 이야기를 시작했다.

"박사님, 어떻게 된 건가요?"

"응?"

"거짓 없이 말씀해주시면 좋겠습니다."

"하하, 난데없이 무슨 이야긴가."

박사는 아무렇지 않은 듯 웃으며 말했지만, 순식간에 표정이 굳어버렸다. [그]는 지금까지 확인한 사실을 풀어놓았다. 박사도 처음에는 부인했지만 요코의 메모와 지하의 비밀 공간에 대해 이야기하자 더 이상 속일 수 없다고 생각한 것 같았다.

박사는 그 자리에 주저앉아 두 손으로 머리를 감싼 채 미동도 하지 않았다. [그]는 조용히 기다리고 있었다. 이윽고 박사가 고개를 들었다. 초점을 잃은 눈빛에 어느 때보다 건조한 목소리였다.

"내 실수였네."

그런 박사의 모습을 보고 있는 [그]도 마음이 편치 않았다.

"아들에게 다시 한 번 세상을 볼 기회를 주겠다는 마음이 너무 컸던 거지. 나는 큰 실수를 저지르고 말았네. 자네도 기억할 거야. 우리들은 그 어려운 수술을 성공시켰어. 게다가 말까지 가르쳤어. 인간의 언어를 구사하는 쥐라니, 대단하지 않은가. 정말 대단해. 하지만 그걸로 끝이었어. 결국 대단하다는 말 이상의 무언가는 없었어. 우리에게 필요한 것은 그 정도가 아니었지. 더 큰 무언가가 필요했어."

박사의 눈은 허공을 응시하고 있었고, 눈동자에서는 그날의 영상이 재생되고 있는 것 같았다. 다시 박사의 말이 이어졌다.

"하지만 우연한 기회에 우리는 성공에 한걸음 다가가게 되었네. 그것은 분명히 실수였어. 하지만 말이지. 그 실수는 우리에게 큰 전환점이 되었다네. 그걸로 모든 것이 바뀌었지. 기억하고 있을 거야."

"no69."

'no69.'

잊고 싶어도 잊을 수 없는 번호였다.

'그때부터였나.'

"자네도 알고 있지 않은가. 이제 막바지에 다다랐어. 이제 곧 이 기나긴 연구에 마침표를 찍을 수 있을 거야. 그런 후에는 자수를 할 생각이네. 부탁이네. 내게 조금만 더 시간을 주게."

"하지만…. 요코는 당신 딸이잖아요! 어떻게 자기 자식에게까지 이럴 수가 있죠?"

"기다려보게나. 내 말을 들어봐."

"더 이상 무슨 말을 들어보라는 겁니까? 계속해서 모두를 속일 수는 없습니다, 박사님. 켄지와 카즈야에게는…."

[그]는 상당히 흥분한 상태였다. 문이 열리는 소리도, 누군가가 조용히 다가오는 소리도 듣지 못했다. 뒷골에 서늘한 한기를 느끼고 고개를 돌리려는 순간이었다.

푸욱!

윽!

고개를 돌리라는 명령이 뇌까지 닿기도 전에 일어난 일이었다. [그]는 그대로 고꾸라졌다.

털썩.

"대체… 어떻게… 된 거지?"

"미안. 사실 나도 다 알고 있는 일이라…."

"그런…."

'누구의 목소리더라?'

"자, 어떻게 할까요, 박사님?"

"어떻게 하다니…. 무슨 소리야? 자네가 갑자기 찔렀잖아."

모리야마 박사는 상당히 동요하고 있었다.

"이런, 섭섭한 말씀을 하시네요. 언제나 그랬듯이 박사님을 대신해 더러운 일을 처리하고 있는데, 그런 말씀을 하시면 저도 마음이 아프죠."

모리야마 박사는 더 이상 대꾸하지 않았다. 고개를 숙이고 풀이 죽은 목소리로 말했다.

"평소처럼 처리하지."

"크큭, 평소처럼 말이죠? 안됐네, 타츠야."

타츠야…. [그]는 기억했다. [그]의 이름은 타츠야였다. 타츠야는 한기를 느끼기 시작했다. 칼에 찔린 부위에서 피가 빠져나가면서 몸속의 온기도 같이 날아가 버린 것 같았다. 정신이 아득히 멀어지고 있다. 그들의 목소리도 점점 작아진다. 그러다가 어떠한 소리도 들리지 않게 되어버렸다.

- 11 -

방으로 돌아온 모리야마 박사는 그 자리에 서서 꼼짝도 할 수 없었다. 비밀 통로로 들어가는 문이 열려 있었던 것이다. 마음의 준비를 하고 자신도 모르게 마른침을 삼켰다. 천천히 계단을 내려가서 어두운 방 입구에 멈춰 섰다. 잠시 후 뒷걸음질 치던 요코가 자신과 부딪치고는 고개를 돌렸다.

모리야마 박사는 무표정한 얼굴로 두려움에 떨고 있는 딸을 내려다보았다. 얼굴이 하얗게 변한 요코의 모습을 바라보고 있자니 미릿속이 텅 빈 듯한 느낌이 들었다. 어떠한 변명도 떠오르지 않았다. 어느 순간, 입을 움직이고 있는 자신을 발견했다.

"그만 올라가자, 요코. 여긴 네가 있을 만한 곳이 아니야."

자신의 입에서 그런 소리가 흘러나오고 있었다.

비밀 공간의 문을 닫고 액자를 제자리에 걸어놓았다.

"요코, 네가 받아들일 수 없다면 끝까지 함께하자고 강요하지는 않겠다. 단, 방해하지는 말거라."

"하지만 아버지!"

모리야마 박사는 더 이상 듣고 싶지 않다는 듯 손을 뻗어 요코를 제지했다.

"이제 코앞이야. 너도 알고 있잖아."

그는 잠시 숨을 고른 후, 말을 이었다.

"여기서 그만두면 지금까지의 수많은 희생은 어떻게 된단 말이냐! 또 나오타로는 어떻게 된단 말이냐!"

"하지만…."

요코는 무언가 말을 하려다 자리에서 일어나 고개를 들었다. 거기에는 흉측하게 망가진 요코의 얼굴이 있었다. 눈이 있어야 할 자리가 검은 구멍이 되어 피를 흘려보내고 있다.

그녀가 소리쳤다.

"내 머리를 돌려주세요! 아버지!"

모리야마 박사는 깜짝 놀라 눈을 떴다.

헉헉….

꿈이었나.

모리야마 박사는 며칠째 같은 꿈을 꾸고 있었다.

"시간이 없다. 빨리 수술을 성공시키지 않으면…."

이대로라면 자신이 쓰러지는 것이 먼저일지도 몰랐다. 모리야마 박사는 방 한구석에 쪼그리고 앉아 머리를 감싸고 소리 없이 흐느끼기 시작했다.

- 12 -

켄지는 너무 놀란 나머지 자신도 모르게 소리쳤다.

"네? 타츠야가 이동한다고요?"

"자네의 얼굴을 보면 발이 떨어지지 않을 것 같다고 하더군."

"그럴 수가… 말도 안 돼."

"나를 찾아왔을 땐 이미 결심을 굳힌 후였어. 마침 T가 관여한 새로운 프로젝트가 이제 막 시작된 직후라 이동이 가능했던 거야. T도 흔쾌히 수락하더군."

"그야 대학 시절부터 천재라는 소리를 달고 살았으니까요. 누구라도 탐내는 인재였죠, 타츠야는…."

타츠야와 눈을 마주하고 대화하고 싶었지만 그런 개인적인 일로 통화가 가능할 리 없었다. 켄지의 표정을 유심히 살피던 모리야마 박사가 의미심장한 말을 던졌다.

"아 참, 켄지 군이 걱정해준 덕분에 요코의 수술은 무사히 잘 끝났다고 하네. 이제 천천히 회복하는 일만 남았어. 이제 우리 부녀에게 남은 건 자네밖에 없다네. 앞으로도 힘이 되어줄 수 있겠나?"

갑작스러운 질문에 어안이 벙벙했다. 하지만 이내 희망 찬 표정을 지어 보이며 대답했다.

"네, 최선을 다하겠습니다."

그날 밤 켄지는 자신의 침대에 누워 생각에 잠겼다.

최근에는 정말 많은 일이 있었다. 하나같이 감당하기 힘든 일의 연속이었다. 요코 그리고 타츠야까지. 둘과 함께한 수많은 날은 무엇과도 바꿀 수 없는 소중한 추억이었다. 자신의 전부라고 생각해왔다. 그렇게 한상 한장 머릿속으로 추억의 책장을 넘겼다. 순간, 모리야마 박사의 목소리가 그의 귓가에 파고들어 잔잔하던 가슴을 요동치게 한다.

'이제 우리 부녀에게 남은 건 자네밖에 없다네. 앞으로도 힘이 되어줄 수 있겠나?'

무슨 심경의 변화였을까. 어느 순간 타츠야의 모습이 사라지고 요코와 켄지만이 남아 있었다. 그날부터였다. 켄지가 책상이며 벽에 요코의 사진을 빼곡히 걸어놓기 시작한 것은. 그의 머릿속은 벌써 요코로 가득 차 있었다.

어떤 일이든 조바심을 내는 법이 없는 켄지였지만, 지금 이 순간 심장이 터질 듯 뛰는 것을 막을 수가 없었다.

'요코를 만나고 싶다!'

- 13 -

켄지는 차트에 무언가를 열심히 기록하는 중이다. 수술은 성공적이었다. 적어도 신체의 기능적인 측면에 한해서는 완벽했다. 뇌파, 맥박, 그 외의 모든 것이 정상 수치였다. no99라는 문자가 다시 한 번 눈에 들어왔다. 적합도 테스트를 마치고 수술에 투입된 99번째 모르모트였다.

현재까지의 흐름은 더없이 매끄럽다. 이제 남은 건 정신적인 회복이었다. 사실 이 부분에 대해서는 그들이 할 수 있는 일이 거의 없었다. 사전에 적합도 테스트를 실시하고 있었고 테스트를 통과하지 못해 죽거나 버려지는 개체가 수두룩했다.

하지만 그런 엄격한 테스트조차 성공의 충분조건에 해당하지는 못했다. 결국 그 개체의 고유한 역량에 크게 의존하다 보니 도너나 리시피언트의 평소 건강 상태라든지 정신력이나 의지 같은 것에 비교적 큰 영향을 받는 듯 보였다.

no99는 이틀이 지났지만 아직 깨어나지 못하고 있었다. 최악의 경우 이 상태로 영원히 잠들어버릴지도 모른다. 켄지는 그런 상황이 발생하지 않기를 간절히 기도했다.

옆자리에 앉아 있는 카즈야를 바라보며 이번 수술의 결과에 대한 질문을 던졌다. 그랬더니 카즈야는 정말 중요한 것은 그런 일이 아니라는 듯 갑자기 지난 사고에 대해 언급했다. 확실히 그의 말대로였다.

반복되는 수술로 긴장감을 잃어버렸던 것일까. 세 번이나 같은 실수를 반복하다니. 켄지는 입을 꾹 다물었다. 자신이 조금 더 신경을 썼더라면 요코가 쓰러지는 일은 없었을지도 모른다고 자책하며 점점 더 작아지는 자신을 느꼈다.

'이제는 강해져야 해. 내가 요코를 지키는 거야.'

마음속으로 주문을 외기 시작했다. 그때였다. no99가 움찔한 것 같았다. 켄지는 놀란 눈으로 카즈야를 보았다. 카즈야도 눈치를 챈 것 같았다. 둘은 작은 침대 쪽으로 시선을 옮겼다.

그곳에 조그마한 쥐 한 마리가 누워 있다. 머리는 붕대로 감싸인 상태이고, 몸은 침대에 단단히 고정되어 있다. 그리고 앙증맞은 앞다리에는 링거 바늘이 박혀 있다. 바로 이번에 수술한 실험용 쥐 no99였다. 침대를 비롯한 링거, 그 밖의 모든 물건은 쥐에게 맞춘 크기였다.

이 장면을 처음 접하는 사람이라면 미니어처 장난감이라고 생각할지도 모를 일이지만, 몇 년째 이 연구소에서 같은 실험을 반복하고 있는 그들에게는 지극히 일상적인 모습이었다.

찍찍찍.

울음소리가 들렸다. 그들은 그 소리에 반응하지 않고 계속해서 상태를 주시했다. 쥐는 무언가 골똘히 생각하는 듯 더 이상 반응을 보이지 않고 그저 누워 있었다. 아무도 자신의 울음에 반응하지 않는다고 느꼈는지 들썩들썩하며 꿈틀거렸다. 켄지와 카즈야는 조용히 일어나서 문을 열고 밖으로 나갔다.

둘은 모리야마 박사의 연구실로 이동하면서 손바닥을 마주쳤다. 불과 몇 분 전까지만 하더라도 지난 사고에 관한 생각으로 가득했다. 하지만 지금은 언제 그런 이야기를 했느냐는 듯 상기된 표정으로 대화를 나누며 연구실에 도착했다.

모리야마 박사는 그들의 표정에서 이미 답을 얻었는지, 오른쪽 주먹을 왼손 바닥으로 가져가면서 말했다.

"좋아!"

그들은 한껏 기대에 부푼 표정으로 수술실 앞에 도착했다. 모리야마 박사는 조심스레 수술실 문손잡이에 손을 올렸다. 소리 없이 문이 열렸다. 천천히 발걸음을 옮긴 그들은 자그마한 쥐가 누워 있는 침대 앞에 멈추어 섰다.

모리야마 박사의 손이 쥐의 머리로 다가갔다. 녀석은 이쪽의 상황을 볼 수 없는데도 몸을 부르르 떨었다. 아마도 본능적으로 무언가를 느꼈으리라. 박사는 그런 모습에 전혀 개의치 않는 듯, 가벼운 손놀림으로 붕대를 풀었다.

침대 위의 작고 하얀 생명체는 눈을 꼭 감은 채 얼굴을 찌푸렸다. 잠시 후 전등 불빛에 어느 정도 익숙해졌는지 눈을 뜨고 그들을 바라보았다. 얼떨떨한 표정을 하고 눈만 껌뻑껌뻑하기를 몇 번이나 반복했다.

당연한 일이지만 자신이 처한 상황에 대한 자각이나 이전의 기억 따위가 있을 리 만무했다. 그저 찍찍거리는 소리만 반복할 뿐이었다. 바로 가벼운 테스트를 시작했다. 모든 테스트를 가볍게 통과했다.

제아무리 높은 지능을 가지게 되더라도 쥐와 사람이 바로 대화를 하는 것은 불가능했다. 하지만 사람의 말을 알아듣는 것은 가능했다. 그 때문에 일방적으로 이쪽의 이야기를 전달했다. 모리야마 박사는 no99가 우리와 함께 지내는 동안 문제가 되지 않을 정도로 최소한의 정보만을 전달했다.

그들이 뇌 기능 일부 이식 수술의 선두 주자이고, 극비리에 운영되는 정부 산하 연구소의 연구원들이라는 것이었다. 그 후에는 힘든 수술을 이겨내고 눈을 떠준 쥐를 한참 동안 칭찬했다.

그런 표정의 모리야마 박사는 정말 오랜만이었다. 간절히 원하던 선물을 손에 넣은 아이의 모습이었다. 그 모습을 지켜보던 켄지는 모든 것이 제자리로 돌아올 것만 같은 희망을 느꼈다.

이제 켄지의 차례였다. 현재 회복 프로그램은 켄지가 담당하고 있었다. 그들은 수많은 수술을 통해 노하우를 축적해왔고, 그들 나름의 독자적 체계를 갖추게 되었다. 그 결과 현재의 회복 프로그램이 완성되었다. 인간과의 의사소통 능력도 바로 이 과정에서 형성되는 것이었다.

수술 이후 대부분의 쥐는 사람의 말을 듣고 이해하는 것이 가능하다. 단, 생각한 것을 말로 옮기지는 못한다. 자신은 말을 하고 있다고 생각하고 입 밖으로 소리를 내보지만 “찍찍” 하고 쥐의 울음소리가 들릴 뿐이다.

그들이 개발한 프로그램은 쥐가 생각한 것을 인간의 말로 옮기는 것을 가능하게 만들었다. 쥐에게 인간의 말을 가르치는 것. 켄지는 이 프로그램이야말로 감히 누구도 상상하지 못했던 그들만의 독자적인 것이라고 생각했다. 하지만 타츠야의 생각은 좀 달랐다. 애초에 인간의 뇌를 이식한 것이기 때문에 가능한 일이라고 잘라 말했다.

그 프로그램은 사실상 타츠야와 요코에 의해 완성되었다고 해도 과언이 아니었다. 물론 켄지도 힘을 보태기는 했지만, 타츠야의 실적은 독보적이었다. 녀석은 의학 지식뿐만 아니라 언어 감각도 남달랐다. 하지만 녀석이 다른 연구소로 옮겨가고 요코마저 병으로 연구소를 떠나는 바람에 프로그램에 관여했던 사람은 이제 켄지뿐이었다.

켄지는 no99에게 인간의 언어를 가르치게 될 것이다. 이번에는 어쩐지 일이 잘 풀릴 것 같았다. 모리야마 박사와 함께 실시했던 테스트의 결과를 보면서 느낌이 확신으로 변하고 있었다. 그래프가 말해주고 있었다. 켄지는 지금까지 보지 못했던 희망적인 결과 앞에 떨리는 심장을 주체할 수가 없었다.

녀석의 지능은 단언컨대 최고였다. 지금까지 회복 프로그램을 통해 뇌를 단련하고 이런저런 테스트를 통해 지능을 수치화하고 비교, 분석해왔다. 대체로 회복 시기에 차이가 있을 뿐, 지능의 높고 낮음에는 큰 차이가 없었다. 그저 잘 회복해주기만 한다면 더 바랄 것이 없다는 느낌이었다.

하지만 이번에는 전혀 달랐다. 그런 비교 자체가 무의미했다. 일주일도 지나지 않았는데 대화에 전혀 지장이 없음은 물론이고 독서, 음악 감상, TV 시청, 웹 서핑 같은 활동을 마치면 감상을 이야기하거나 토론을 제안하기도 했다.

켄지의 보고를 받은 모리야마 박사는 이번에야말로 모든 것을 걸 때라고 힘주어 말했다. 모두가 같은 생각이었다. 여러 가지 의미에서 그들에게는 뒤가 없었다. 크고 작은 사고, 실적에 대한 압박, 그런 그들을 비웃듯 유유히 흘러가는 시간. 무엇보다 가장 중요한 것은 앞으로 아무리 많은 수술을 반복한다 해도 이런 결과를 다시 얻을 자신이 없다는 사실이었다.

- 14 -

모리야마 박사는 창밖 저 멀리 흘러가는 구름을 바라보고 있었다. 홀로그램이 보여주는 인공의 하늘이었다.

'이제 정말 막바지다. 나오타로… 요코….'

이걸로 정말 모든 것이 해결되는 것일까. 어쩌다가 요코를….

지금까지 하루도 잊은 적이 없었다. 이 모든 악운은 바로 그날부터 시작되었다.

수술은 순조롭게 진행되었다. 수술의 마무리 단계에서 알 수 없는 피로감을 느끼기 시작한 것을 제외한다면 그랬다. 마지막 순간에는 거의 쓰러지기 일보 직전이었다. 그 와중에도 집중력을 잃지 않았지만, 손에 힘이 빠져가는 것까지 막을 수는 없었다. 다행스러운 것은 이제 더 이상은 버티기 힘들다는 생각과 동시에 수술을 끝냈다는 것이다.

'성공이다.'

안도의 한숨을 내쉬며 장갑을 벗었다.

"그럼 코바야시 군. 마무리를 부탁하네."

"네, 수고하셨습니다. 박사님."

모리야마 박사는 쏟아지는 피로감을 이기지 못하고 자신의 방으로 돌아와 잠시 휴식을 취했다.

얼마나 시간이 흘렀을까.

"박사님, 박사님! 큰일 났어요!"

누군가가 그의 몸을 흔들며 외치는 소리에 잠에서 깨어났다.

"으음. 코바야시 군, 왜 그러나?"

그는 졸린 눈을 비비며 조수에게 물었다.

"나오타로 군의 상태가 이상해요."

모리야마 박사는 깜짝 놀라 자리를 박차고 일어났다. 정신없이 회복실 안으로 달려 들어갔을 때 나오타로는 이미 의식이 없었다. 모리야마 박사가 눈을 붙이고 있는 동안 잠깐이지만 나오타로의 의식이 돌아왔고, 잠이 오는 듯 반쯤 눈을 감은 상태로 이런 말을 남겼다고 한다.

"역시 아빠는 굉장해. 아빠 고마워."

그러고는 잠이 들더니 영영 깨어나지 못하게 되어버렸다.

정말이지 리얼하게 만들어진 홀로그램을 바라보면서 모리야마 박사는 생각했다.

'무엇이 꿈이고 현실인지….'

하늘 저편에서 먹구름이 몰려오기 시작하더니 어느새 빗방울이 하나둘 떨어지고 있었다.

- 15 -

카즈야의 메신저

.

.

.

수신: K

발신: T

모리야마 시게오

의학적인 측면에서는 빈틈이 없음.

그를 움직이기 위해서는 아들을 이용하는 것이 가장 효율적임.

모리야마 요코

모리야마 박사의 딸.

일반적인 기준의 연구원으로는 나무랄 데가 없음.

모리야마 박사를 제어하면 전혀 문제가 되지 않음.

타카시로 켄지

부지런하고 성실한 것이 전부임.

지나칠 정도로 순진한데다 물러터진 성격은 이용 가치가 충분함.

타츠야

연구소에서 가장 까다로운 존재.

그의 지식은 의학적인 것에 국한되지 않음. 냉철한 판단력을 보유함.

유일한 약점은 요코라는 연인의 존재.

.

.

.

발신: K

수신: T

모르모트의 처분 작업을 맡음.

수술을 마친 모르모트를 빼돌림.

다양한 상황에서 패턴을 분석하고 있음.

.

.

.

발신: K

수신: T

타츠야에게 도너의 뇌 상태가 수술 결과에 직접적으로 연관되어 있을 가능성을 슬쩍 흘림.

타츠야는 이미 알고 있다는 듯 시큰둥한 반응을 보인 반면, 모리야마 박사는 미끼를 물 가능성이 충분함.

.

.

.

발신: K

수신: T

보고서: 프로젝트-네즈

모리야마 박사는 심한 편집증과 강박증에 시달리고 있음.

시계나 달력을 보면 안절부절못함.

이전의 자료를 넘김.

.

.

.

수신: K

발신: T

모리야마 박사가 살아 있는 사람을 요구함.

.

.

.

수신: T

발신: K

보고서: 프로젝트-네즈

예정대로 진행함.

.

.

.

- 16 -

톡!

띠링!

카즈야가 버튼을 누르자 경쾌한 소리가 귓가로 파고든다. 오늘도 무사히 아버지에게 메시지를 전달했다. 하루 일과 중 가장 뿌듯한 순간이다. 최근엔 이 소리를 듣지 않고는 잠이 오지 않을 정도이니….

모든 일이 자신의 뜻대로 흘러가고 있었다.

'그래, 매일 매일이 너무나도 완벽해.'

카즈야의 방에서는 아름다운 클래식 선율이 흐르고 이름을 알 수 없는 모르모트의 머리가 잘려 나가고 있었다. 카즈야의 기억은 처음으로 살아 있는 사람의 뇌를 꺼내던 그 시간으로 돌아가고 있었다.

모두가 잠든 새벽, 작동할 리가 없는 엘리베이터가 움직이더니 문이 열렸다. 바퀴가 달린 커다란 상자가 보였다. 모리야마 박사가 주위를 살피며 바쁘게 움직이기 시작했다. 한참을 끙끙거리며 상자를 옮겼다. 카즈야의 방을 막 지나치기 시작했을 때 문이 열렸다. 카즈야가 놀란 토끼 눈을 하고 말했다.

"아니, 박사님. 이 시간에 무슨 일이신가요?"

박사의 난감한 표정은 카즈야에게 이루 말할 수 없는 기쁨을 선사했다. 그 순간부터 모리야마 박사는 카즈야와 비밀을 공유하는 사이가 될 수밖에 없었다. 뇌의 적출 작업은 모리야마 박사의 비밀 공간에서 이루어졌다. 일반적인 적출 작업은 켄지가 맡고 있었지만 이런 일을 부탁할 수는 없었다. 이후에도 이런 특별한 경우의 작업은 카즈야가 도맡아 처리했다.

그런 일이 반복되던 어느 날이었다. 요코가 박사의 비밀 연구실에 대해 눈치를 챈 것이다. 게다가 살아 있는 사람의 뇌에 대해서도 들켜버린 듯했다. 카즈야는 속으로 쾌재를 불렀다. 그렇지 않아도 계속해서 기회를 엿보던 중이었다. 이렇게 제 발로 걸어와 주다니 감사할 따름이었다. 모리야마 박사는 이미 정신적으로 신체적으로 상당히 지친 상태였다. 카즈야가 어쩔 수 없다는 투로 말했다.

"요코를 잠시 재워둬야겠어요."

"재우다니 어떻게?"

"어차피 밖으로 나갈 수는 없잖아요. 요코의 행동 여하에 따라 최악의 경우에는 정부 기관을 적으로 돌리게 될지도 몰라요. 나오타로

군을 위한 연구의 존폐는 물론 저희 모두가 위험해질 수도 있어요."

"그렇다고 요코를…."

"나오타로 군의 일이 해결되면 요코를 원상태로 되돌리는 건 문제도 아니잖아요."

모리야마 박사는 이미 돌아올 수 없는 강을 건넜다. 카즈야의 제안에 따라 요코의 뇌를 최상의 상태로 보관해두는 것 이외에 다른 선택지는 없어 보였다.

3

모르모트

- 1 -

네즈를 향해 다가오고 있는 쥐의 속도는 변함이 없었다. 여전히 느릿느릿했다. 기계 같은 움직임에다 조금도 변함이 없는 일정한 속도였다. 이제야 깨달았다. 어디선가 들려오던 '윙윙' 하는 소리는 녀석의 입에서 나오고 있었다. 처음에는 너무 작아서 제대로 듣지 못했지만 녀석이 가까이 다가올수록 그 소리는 점점 더 커졌다.

어느 순간부터였는지 알 수 없었다. 네즈는 정신이 어딘가로 빠져나가는 것 같은 느낌을 받았다. 동물의 본능이 위험을 감지하고 경고음을 울렸다. 그에 따라 여기서 도망쳐야 한다고 생각했을 때는 이미 몸이 말을 듣지 않았다.

그때였다. 천천히 다가오던 쥐의 뒤편에서 시커먼 물체가 빠른 속도로 달려왔다. 또 다른 쥐였다. 바로 앞의 쥐와는 대조적인 재빠른 움직임이었다. 그 쥐는 앞서 기어가는 쥐를 거들떠보지도 않은 채 지나쳤다. 그와 거의 동시에 네즈의 목덜미를 물고 몸 전체를 낚아채듯 들어올렸다. 그런 상태로 계속해서 어디론가 내달렸다. 분명 자신과 비슷한 덩치로 보였는데 다른 쥐의 몸을 들고도 아무렇지 않게 이전과 거의 같은 속도를 유지하고 있었다. 엄청난 힘이라고 생각했다.

연구소 복도의 끝부분에 위치한 창고. 창고의 구석에는 직경 1센티미터가량의 작은 구멍이 뚫려 있었다. 의료용품이 담긴 상자에 가려져 사람이 찾아내기에는 어려워 보였다. 그 구멍에서 조금 떨어진 곳에 세 마리의 쥐가 있었다. 제일 뒤쪽에 자리한 우두머리인 듯한 쥐는 다른 쥐와 다르게 벽에 기댄 채 뒷다리로 서 있었다. 앞다리는 팔짱을 끼고 있는 것처럼 보였다. 게다가 경박한 느낌으로 오른쪽 다리를 떨고 있었다.

"늦는데…."

다른 두 마리의 쥐는 바닥에 바짝 엎드려 있었다.

[땅딸보]가 사이렌을 울린다. 어수선한 틈을 타 [앞니]가 네즈라는 녀석을 데리고 온다. 그런 간단한 작전이었는데…. 애초에 오늘은 상황이 좀 이상하게 흘러가고 있었다. 우선 평소보다 많은 순찰로봇이 깔려 있었다. 사이렌이 울린 지 한참이 지났는데도 [땅딸보]는 돌아올 기미가 보이지 않는다. 마찬가지로 [앞니]도 아직까지 소식이 없었다.

'[땅딸보]와 [앞니]가 그렇게 쉽게 잡힐 리가 없을 텐데….'

겉보기에 같은 쥐라도 녀석들은 레벨이 달랐다. 아주 약간이지만 인간의 지능이 남아 있었고 기본적인 의사소통도 가능했다. 게다가 [앞니]는 움직임이 빠른데다 힘까지 장사였다. 둘 모두 일반적인 쥐에 비해서는 훨씬 높은 능력을 지니고 있었다.

새로운 세대에서는 그 정도의 능력을 기대하기 어려웠다. 그렇지 않아도 말이 통하는 쥐들이 점점 줄어들고 있어서 머리가 아팠다. 새로 태어난 녀석들은 그야말로 단순한 신호밖에 이해하지 못했다. 아무튼 지금은 여유롭게 기다리고 있을 상황이 아닌 듯했다.

'뭔가 일이 생긴 것 같아. 잘못되면 보스가 나를 죽이려 들지도 몰라.'

이럴 줄 알았다면 직접 갔어야 했다고 후회하고 있었다. 지금은 [앞니]가 돌아올 수도 있었기 때문에 자리를 비우기도 애매한 상황이었다.

"야, [짝귀]! [땅딸보]는 됐고 [앞니]가 빠져나올 수 있도록 지원해줘."

뒷다리로 서 있던 쥐가 몸짓을 섞어가면서 명령했다.

[짝귀]라 불린 쥐는 오른쪽과 왼쪽 귀의 크기가 아주 미묘하게 다른 듯 보였다. 그의 목덜미에는 no58이라는 숫자가 적혀 있었다. 그는 명령이 떨어지기 무섭게 달리기 시작하면서 휘파람 소리를 냈다. 소리가 구멍 안까지 퍼졌다. 구멍 안쪽에서 쥐 두 마리가 나오더니 [짝귀]

를 따라 달렸다.

[앞니]는 점점 지쳐가고 있었다. [땅딸보] 일행이 사이렌을 울리면 시선이 한 곳으로 집중된다. 그때를 노려 머리털이 삐죽 솟은 쥐를 데리고 돌아가야 했다. 녀석의 이름은 네즈라고 했다. 어디선가 들어본 것 같은 이름이었지만 그런 것은 중요하지 않았다. 그저 명령에 따라 정해진 곳을 돌고 있었다.

거기에서 순찰 로봇에게 잡히기 직전인 쥐를 발견했다. 단번에 자신이 찾는 녀석이라는 것을 알았다. 망설임 없이 녀석의 몸을 번쩍 들어올린 다음 그대로 끌고 갔다. 문제는 그다음이었다. 어디를 가든 순찰 로봇이 돌아다니고 있었던 것이다. 포위망이 점점 좁혀지는 것을 느꼈다.

[앞니]는 재빠르고 힘이 센 편이었다. 하지만 다른 쥐 한 마리를 물고 달리는 것에는 한계가 있었다. 이대로 언제까지고 달릴 수만은 없었다. 동물적 본능이 위험을 피하는 길을 알려주고 있었지만 서서히 한계에 가까워지는 것을 느꼈다.

현재까지 알려진 순찰 로봇의 기능은 단순했다. 먼저 눈에서 퍼져 나오는 빛이다. 이 빛은 쥐의 움직임을 둔화시킨다. 다음으로 쥐에게만 들리는 것으로 보이는 이상한 소리가 있었다. 일정 시간 이상 듣게 되면 약간의 어지러움을 느낀다. 동시에 두 가지 공격에 노출되면 환각 상태에 빠지면서 몸이 마비된다. 그 상태가 되고 나면 이미 혼자서 도망치는 것은 불가능하다.

[앞니]는 본능적으로 느꼈다. 더 이상 우회하는 것은 의미가 없다. 포위망을 뚫고 앞으로 나아가는 방법밖에 남아 있지 않았다. 순찰 로봇을 보지 않고 지나치려고 해도 빛이 시야에 들어오는 순간 그대로 당해버리는 것이다. 쉬운 선택은 아니었지만 결국 강행 돌파를 하기로 마음을 먹었다. 지금 서 있는 곳에서 목적지까지의 최단 경로를 떠올렸다.

그렇게 잠시 멈춰 있는 순간, 이번에는 네즈라는 녀석이 몸을 비틀었다. 무방비 상태로 네즈의 목을 놓치고 말았다. 네즈는 데굴데굴 구르더니 환풍구 앞에서 멈췄다. [앞니]는 당황했다. 어쩔 줄 몰라 우물쭈물하는 모습을 본 네즈가 말했다.

"나는 괜찮아. 도망쳐라. 다시 보자."

네즈는 다른 쥐들과 대화하는 것이 처음이었다. 별다른 위화감은 없었다. 상대의 표정을 보니 알아들은 것 같았다. 이렇게 위급한 상황이 아니었다면 자연스럽게 말을 붙이지는 못했을 것이다. 상대는 대답 대신 고개를 살짝 끄덕였다.

오케이!

어디로 가는지는 알지 못했다. 다만 둘이 같이 이동하는 것이 불가능하다는 것 정도는 알 수 있었다. 이대로는 네즈 자신은 물론이고 그를 구해주었던 정체 모를 쥐까지도 위험했다. 녀석에게서 떨어져서 켄지에게로 돌아가는 쪽을 택했다.

네즈가 알고 있는 켄지는 정이 많은 사람이었다. 그리고 네즈를 친구로 생각하고 있었다. 네즈도 켄지를 믿고 싶었다. 일단은 켄지에게 걸어볼 수밖에 없었다. 네즈는 재빨리 환풍구를 통과해 복도의 정중앙에 자리를 잡았다.

[앞니]는 네즈의 모습이 사라질 때까지 그곳을 떠나지 않았다. 그의 꼬리가 완전히 사라지는 것까지 확인하고는 재빨리 목적지를 향해 달렸다. 이내 순찰 로봇 한 마리가 등장했고, [앞니]는 거의 동시에 높이 점프했다. 가속도를 이용해서 순식간에 뛰어넘은 것이다. 하지만 아직까지 긴장을 놓을 수는 없었다. 이미 체력이 많이 소진된 상태였기 때문이다. 방금 한 것을 몇 번이나 더 성공해야만 했다.

네즈는 복도로 내려와서 주변을 살폈다. 예의 느릿한 쥐가 슬금슬금 다가오고 있었다. 자신의 방 쪽으로 고개를 돌렸다. 그쪽도 마찬가지였다. 느릿느릿한 검은 물체가 꿈틀대고 있었다. 아직까지 쥐의 모습으로 보이지 않는 것을 보면 꽤나 멀리 떨어져 있다는 사실을 알 수 있었다. 눈대중으로 거리를 예상해보았다. 네즈가 방에 도착하는 것이 먼저일까, 순찰 로봇이 방을 지나치는 것이 먼저일까. 장담할 수 없는 거리였다. 뾰족한 수가 떠오르지 않았다. 문득 켄지가 자기를 찾으러 방을 나서던 모습이 떠올랐다.

'켄지가 아직 내 방에 있을지도 몰라.'

그렇게 생각하며 목이 터져라 외쳤다.

"켄지! 켄지!"

네즈는 쥐였다. 한껏 목청을 높여보았지만 사람의 목소리처럼 크게 울리지는 않았다.

'못 들은 건가? 젠장!'

다시 한 번 소리쳤다.

"켄지!"

이대로는 안 되겠다고 생각했다. 반대쪽에서는 이미 소리가 들리기 시작했다. 머리가 어지러웠다. 환풍구에서와 비슷한 상황이 되어 버렸다. 두 눈을 질끈 감았다. 그때 켄지가 허겁지겁 뛰어나왔지만, 네즈는 그 모습을 보지 못했다. 이제는 끝이라고 생각한 순간, 무언가가 자신을 낚아채는 것을 느꼈다. 이번에는 쥐가 아닌 사람의 손이라는 것을 알 수 있었다. 안도의 한숨을 내쉬면서 그대로 잠이 들고 말았다.

- 2 -

퍽! 하는 소리와 함께 덩치 큰 쥐가 쓰러졌다. [앞니]와 [짝귀]에게 명령을 내리던 쥐였다. 네즈 구출 작전은 실패로 돌아갔다. 패잔병들은 축 처진 모습으로 아지트에 도착했다. 분노의 앞발이 그들을 기다리고 있었다. 덩치 큰 쥐를 쓰러뜨린 쥐는 무리의 보스였다. 보스는 화를 주체하지 못하고 씩씩거렸다. 쓰러진 쥐에 비해 덩치는 작았지만 알 수 없는 카리스마를 내뿜고 있었다. [앞니]도 바짝 얼어 머리를 땅바닥에 박고 있었다.

뒤쪽에서는 나머지 쥐들이 서로를 바라보며 작게 찍찍거리는 소리가 들렸다. 자신들에게까지 불똥이 튀지 않을지 걱정하는 눈빛이었다.

"야자와! 넌 대체 뭐하는 놈이야."

덩치 큰 쥐는 야자와였다. 그는 보스에게 맞은 얼굴을 앞발로 쓰다듬으면서 일어났다.

"미안해, 보스."

보스는 분이 덜 풀린 듯 이번에는 뒷발을 들어 그의 배를 걷어찼다.

퍽!

그는 앞발로 배를 움켜잡고 신음 소리를 흘렸지만 쓰러지지는 않았다.

"전직 야쿠자라는 녀석이 그런 간단한 일도 해결하지 못하다니!"

다들 말이 없었다. 그때까지 보스의 뒤에서 눈치를 보던 나이 든 쥐가 나섰다. 한눈에 보기에도 허약해 보였다. 두려워서인지 배가 고파서인지 앞다리를 떨고 있었다. 털도 얼마나 빠졌는지 듬성듬성했다. 그 모습이 그를 한층 더 초라하게 만들었다. 목덜미에도 털이 없기는 마찬가지였다. 그 틈으로 no78이라는 번호가 보였다. 그는 용기를 내어 보스를 말려보았다.

"보스, 말로 하시죠. 말로…. 흥분을 좀 가라앉히세요. 보스답지 않습니다."

"어이, 타나카."

보스는 조용한 목소리로 no78의 이름을 불렀다. 그러곤 그의 얼굴을 바라보았다. 어딜 건방지게 나서느냐고 고함을 치려 했다. 그런데 심각하게 볼품없는 그의 모습을 보고 있자니 화를 낼 기운마저 사라져버렸다.

보스가 화를 내는 것도 무리는 아니었다. 이번 구출 작전에 특별히 어려운 부분은 없었다. 그들의 생각보다 많은 순찰 로봇이 출동한 것이 변수로 작용했다고는 하나 그런 상황을 감안하더라도 피해가 막심했다.

[땅딸보]와 그 일행 두 마리는 행방불명이었다. [앞니]는 [짝귀]의 도움으로 겨우 돌아올 수 있었다. 그 과정에서 [짝귀]를 따라나선 쥐 두 마리를 모두 잃었다. 한 마리는 순찰 로봇에게, 나머지 한 마리는 형편없는 끈끈이 덫에 걸려버렸다. 아지트로 연결되는 구멍을 들키지 않은 것이 그나마 다행이었다.

이번 작전에서 잡히거나 행방불명된 대원을 다시 충원해야만 했다. 일반적인 쥐는 큰 문제가 아니었다. 언제든 교육을 하고 충원하면 그만이었다. 하지만 [앞니]라든지 [짝귀]라든지 생김새를 딴 이름이 있는 쥐들은 비록 간단하지만 한 단계 높은 수준의 의사소통이 가능하고 움직임도 남달랐다. 한때 모르모트로서 무자비한 뇌수술을 경험한 쥐인 것이다. 그런 쥐의 개체수가 점점 줄고 있었다.

이번 건은 그들에게 매우 중요한 일이었다. 작전의 난이도가 낮았던 것이 오히려 독이 되었다. 너무 쉽게 생각한 것이다. 야자와는 후방에서 느긋하게 폼만 잡고 있었다. 상황이 이상하게 돌아간다는 것을 눈치채고 정신을 차렸을 때는 돌이킬 수 없었다. 결과론적인 이야기지만, 애초에 야자와가 직접 나섰다면 결과는 달라졌을 것이다.

'인간일 당시의 썩은 근성을 아직도 버리지 못하다니.'

이런 녀석이 무리의 2인자라니, 확 잘라버리고 싶었다. 문제는 그의 역할을 대신할 녀석이 없다는 것이었다. 이러지도 저러지도 못하는 현실이 보스를 답답하게 했다. 다시 짜증이 밀려왔다.

야자와는 보스의 눈치만 살피고 있었다. 사실 맨몸으로 겨룬다면 크게 두려울 것이 없다고 생각했지만, 보스의 강점은 다른 곳에 있었다. 무리에서 가장 뛰어난 두뇌를 갖고 있을 뿐 아니라, 쥐에게는 치명적일 수 있는 무기들을 소지하고 자유자재로 다룰 수도 있었다. 마지막으로 인간 이상의 사고가 가능한 쥐 중에서 이곳에 정착한 기간이 가장 길었다.

타나카와 야자와가 무리에 합류할 당시 이미 보스의 자리에 앉아 있었고 모든 쥐가 그의 수족처럼 움직이고 있었다. 직접 보지는 못했지만 전설적인 일화가 아직도 쥐들의 본능을 지배하고 있었다. 자신들의 천적인 고양이를 제압한 것이다. 그 사실은 쥐들의 뇌리에 강하게 각인되었고 몇 세대를 거치는 동안에도 사라지지 않고 있었다. 보스는 거스를 수 없는 존재였다.

야자와가 무언가를 결심한 듯 보스를 바라보았다.

"보스, 잠깐만. 한 번만 더 기회를 줘. 이번엔 나 혼자 다녀올게. 네즈라는 녀석을 반드시 데리고 올게. 만일 실패하면…."

"만일 실패하면?"

"실패하면 다시는 보스 앞에 나타나지 않는다고 약속할게."

그 말을 들은 보스는 야자와의 얼굴을 빤히 쳐다보았다.

"네가? 혼자서?"

이미 각오를 마친 야자와가 천천히 고개를 끄덕였다. 이 구역에서 보스의 앞에 나타나지 않는다는 것은 인간들의 품으로 돌아가겠다는 말이나 다름없었다. 그것이 의미하는 것이 무엇인지는 야자와 자신이 더 잘 알고 있었다.

보스는 묘한 웃음을 흘렸다. 고개를 돌리니 바짝 얼어붙은 타나카가 서 있었다. 그는 타나카를 가볍게 툭 치며 말했다.

"어떻게 생각해, 타나카 씨?"

"야자와도 한다면 하는 남자 아닙니까, 괜찮지 않을까요?"

"하하하, 내 생각도 그래."

야자와가 꿀꺽 침을 삼켰다. 잠시 동안 아무도 말이 없었다. 보스의 차가운 목소리가 고요함을 깬다.

"그렇겠지, 야자와?"

보스는 약간의 시차를 두고 말을 잇는다.

"하지만 야자와…. 너무 당연한 이야기라서 안 해도 될 것 같은데…. 그래도 혹시 마지막이 될지도 모르니까 너한테만 특별히 알려줄게."

보스는 웃는 얼굴로 야자와에게 다가갔다. 보스의 입이 야자와의 귀 근처에서 멈추었다. 갑자기 보스의 표정이 바뀌었다. 그러고는 조용히 입이 열렸다.

"두 번 실수는 용납하지 않아."

야자와는 겁을 집어먹은 눈초리로 마른침을 삼켰다. 그는 대답 대신 조용히 고개를 끄덕일 뿐이었다.

- 3 -

네즈는 자신의 방에서 눈을 떴다.

'수술실이 아니야.'

켄지가 테이블 위에 엎드린 채 코를 골고 있었다. 아마도 밤새 네즈를 지키고 있었던 것 같았다. 네즈는 그를 깨워야 할지 고민하는 중이었다. 그런 시선을 느꼈기 때문일까. 켄지는 눈을 몇 번 비비더니 기지개를 쭉 펴면서 네즈를 보았다.

"끄응, 네즈."

"잘 잤어, 켄지?"

네즈는 재빨리 말을 이었다.

"어젠 어떻게 된 거야? 밖에서 요란한 사이렌이 울리더라고. 무슨 큰 사고라도 난 줄 알았어. 그래서 복도로 나가봤는데, 이상한 쥐들이 다가와서는…."

"아… 그거? 사실 나도 자세한 건 몰라. 카즈야의 말로는 사이렌이 오작동한 것 같다는데…. 그 쥐처럼 생긴 건 카즈야가 만든 순찰 로봇이야. 사실 로봇이라는 말을 붙일 정도로 정교하지는 않은 것 같지만…. 쥐를 잡는 기능 자체는 쓸 만한가 봐."

켄지는 말실수를 했다고 생각했는지 겸연쩍은 표정으로 머리를 긁적였다.

"아… 미안. 당연한 이야기지만 네즈를 잡으려는 게 아니야. 잃어버린 쥐를 겨냥한 것이긴 한데…."

"물론 알고 있어. 미안해할 것 없어."

그렇게 말했지만 쥐를 잡는다는 말에는 약간의 거부감이 느껴졌다. 네즈는 쓴웃음을 지었다. 역시 자기도 어쩔 수 없는 쥐라고 생각했다.

켄지는 어젯밤의 상황에 대해 모른다고 말했다. 거짓은 없이 보였다. 물론 그것이 연기일 가능성도 완전히 배제할 수는 없었다. 네즈의 본능이 위험 신호를 보내고 있었다. 이곳에서 네즈와 켄지가 모르는 뭔가가 일어나려 한다고 말하는 것 같았다.

'단정 짓기는 어렵지만 분명 뭔가가 있어.'

네즈는 얼마 전에 켄지가 했던 말을 떠올렸다.

'모리야마 박사님과 카즈야가 뭔가를 숨기고 있는 것 같아.'

켄지는 분명 그렇게 말했다.

모리야마 박사는 침대에 누워 있었다. 언제부터였는지는 기억하지 못했다. 정신을 차려보니 거동조차 불편한 상태였다. 하루의 대부분을 침대에서 보냈다. 그는 지금 기억 속을 헤매고 있었다. 시간도 장소도 정확하지 않았다. 나오타로를 구해야만 했다. 그런 일념이었다. 머릿속에서 점이 나타났다. 점은 선이 되고, 선은 다시 뱅글뱅글 돌며 원을 그렸다. 끝없이 이어지던 원이 끊어지는 순간, 그는 눈을 떴다.

그는 인간이 지켜야 할 마지막 선을 넘겼다. 살아 있는 인간의 뇌를 꺼냈다. 그것도 한두 번이 아니었다. 급기야 자신의 손으로 요코의 뇌를 적출하기에 이르렀다. 다른 방법이 없다고 생각했다. 뭔가에

씌었는지 그때는 정말 그 방법밖에 없다고 생각했다. 타츠야도 그가 죽인 것이나 다름없었다. 그러고도 이 꼴이었다. 아직도 연구는 끝나지 않았다.

"일어나야 한다. 일어나서 연구를 끝내야 한다."

모리야마 박사는 초점을 잃은 눈으로 중얼거리며 몸을 일으켰다.

똑똑!

노크 소리가 들렸다. 어쩐지 익숙한 장면이라고 생각했다. 카즈야가 들어왔다.

"박사님, 일어나셨군요. 조금 더 휴식을 취하시는 편이 좋아요."

"카즈야 군, 내가 얼마나 누워 있었지? 시계가 고장 난 것 같군."

모리야마 박사는 이전에도 비슷한 말을 한 것 같았다.

"요즘은 비슷한 꿈을 자주 꾸는 것 같아."

"너무 무리하셨어요. 한 시간 후에 깨워드릴게요."

"그러지, 딱 한 시간만이네."

모리야마 박사는 금방 잠이 들었다. 박사의 정신은 완전히 카즈야의 지배하에 있었다. 계획은 아주 오래전부터 진행되어왔다. 그것은 아주 천천히 그의 정신을 좀먹기 시작했다. 아들 나오타로에 대한 집념은 강박증으로 변해 있었고 약기운에 의지하지 않고는 하루하루를 버티는 것조차 힘든 상황이었다.

요코의 죽음 이후부터 시작된 정신착란 증세 역시 상당히 악화되어 있었다. 박사가 그럭저럭 정상에 가까운 상태를 유지하는 시간은 기껏해야 하루에 한두 시간 정도였다. 카즈야는 그 시간에 맞춰 켄지를 박사의 방으로 데리고 갔다.

"박사님이 몸이 좋지 않으신 것 같아. 박사님 방에서 회의를 하자고 하시는데?"

패턴은 매번 유사했다. 카즈야의 이야기를 한참 동안 듣고 있던 박사가 말했다.

"알았네, 그 일은 카즈야 군이 알아서 하게."

그 말로 회의는 마무리되었다. 박사의 방을 나오면서 켄지가 말했다.

"카즈야, 박사님 이대로 괜찮으실까? 우리가 말씀드려야 할 것 같지 않아?"

"뭘?"

"뭐라니? 외부로 연락이 가능한 건 박사님뿐이잖아. 우리가 박사님께 말씀드려서 외부에서 치료를 받도록 건의하는 게 어떨까?"

"켄지, 나도 그러고는 싶지만 최근에 너무 많은 손실이 있었는데 위에서 허락해줄까?"

"손실이라니… 지금 중요한 건…."

"아… 오해하지 마, 켄지. 그런 뜻이 아니야. 몇 년간 한솥밥을 먹은 나나 켄지와는 달리 상부에서는 오로지 결과가 중요하잖아. 그들의 입장이 그렇다는 이야기야. 일이 잘못되면 모리야마 박사님의 연구 자체가 중단될지도 몰라."

켄지는 고개를 숙이고 입을 다물었다. 확실히 그 말대로라고 생각했다. 그렇다면 어떻게 해야 좋단 말인가. 도무지 알 수 없었다. 누구라도 곁에 있었으면 좋겠다고 생각했다. 도망치고 싶었다.

카즈야가 달래듯 말했다.

"이럴 때일수록 우리가 힘을 내야지. 하루 빨리 연구를 마무리하는 거야. 그러면 자유롭게 치료도 받을 수 있잖아. 너는 요코와 만나게 될 거고…."

"그래, 현실적으로는 그게 가장 빠른 방법이겠지."

켄지는 방을 나서면서 그렇게 말했지만, 자신의 힘만으로는 한계를 느끼고 있었다. 타츠야의 존재가 너무나도 절실했다.

'타츠야, 너만 있었더라면….'

켄지의 머리는 그렇게 생각했다. 동시에 입으로는 정반대의 말을 중얼거렸다.

"녀석은 우리 모두를 버린 배신자야. 믿을 사람은 켄지 너 자신밖에 없어."

그렇게 말하는 켄지의 모습은 나사가 하나 빠진 사람처럼 보였다. 뒤에서 그 모습을 지켜보던 카즈야의 입에 미소가 번졌다.

- 4 -

네즈는 모든 것이 의심스러웠다. 이 연구소와 연구원들은 그의 보금자리였고 가족이었다. 하지만 그들 중 누군가는 자신을 속이고 있다. 마음이 착잡했다.

며칠 전의 소동은 네즈의 머리를 더욱 복잡하게 했다. 고요한 밤을 깨운 사이렌 소리, 순찰 로봇과 정체를 알 수 없는 쥐의 등장. 켄지는 모른다고 했지만 네즈가 아는 한 지금까지 단 한 번도 사이렌이 오작동을 일으킨 적은 없었다. 그런데 갑자기 그 시간에 맞춰 사이렌이 울렸다고? 납득하기 힘들었다. 게다가 필요 이상으로 많은 순찰 로봇이 돌아다니고 있었다.

네즈의 의문은 거기에서 멈추지 않았다.

'자신을 어디론가 데리고 가려고 하던 쥐의 존재는 무얼 의미하는 것일까? 그 쥐는 자신을 어디로 데려가려 했던 걸까? 이전에 네즈를 자극했던 요이치라는 인물이 떠올랐다. 녀석과 무슨 관련이 있는 것은 아닐까? 애초에 이 연구소 어딘가에 제3의 인물이 숨어 있었던 것은 아닐까?'

같은 날 저녁 네즈는 휴식을 취하고 있었다. 언제나 하던 대로 실험을 마치고 방으로 돌아왔다. 샤워를 한 다음 침대에 누워 간식을 먹고 있었다. 지금까지의 일을 정리해보았다. 평소와 다를 바 없는 하루였다.

굳이 특별한 일을 꼽으라면 줄곧 누군가가 자신을 지켜보고 있는 것처럼 느껴졌다는 사실 정도였다. 물론 돌아보면 아무도 없었다. 기분 탓인지도 모른다. 그래도 그냥 넘기기 힘든 이유가 있었다. 동물의 본능이 신호를 보내고 있었다. 네즈는 알고 있었다. 그럴 때는 십중팔구 무언가가 있다는 것을.

'한번 확인해볼까?'

천장에서 방 안을 내려다볼 수 있는 곳은 환풍구가 유일했다. 다만 사각지대가 몇 군데 있었다. 냉장고 부근도 그중 하나였다. 잠시 냉장고를 바라보는 시늉을 하다가, 아무렇지 않은 듯 자연스럽게 일어나서 여유를 부리며 이동했다. 몸이 완전히 가려졌다고 생각하는 순간, 재빨리 달리기 시작했다. 환풍구가 바로 앞이었다. 망설임 없이 안쪽으로 몸을 내던졌다.

퍽!

앗!

뭔가 부드러운 물체에 부딪히는 감각을 느꼈다. 몸을 일으켜 옆을 바라보았다. 처음 보는 쥐 한 마리가 넘어져 있었다. 앞발로 배를 감싸고 켁켁거리던 녀석은 네즈가 움직이자 한쪽 앞다리를 뻗으며 말했다.

"잠깐!"

네즈가 움직임을 멈추는 사이, 녀석도 재빨리 몸을 일으켰다. 네즈는 몸을 약간 숙이고 경계하는 자세를 취했다. 상대방은 두 앞다리를 내밀고 양쪽 앞발을 좌우로 저었다.

“이봐, 이봐. 그렇게 경계할 것 없어. 난 너를 도우러 온 거야.”

정체불명의 쥐는 그렇게 말했다. 나쁜 녀석처럼 보이지는 않았다. 다만, 그런 말로 경계심이 사라지지는 않는다. 네즈가 물었다.

“넌 누구지?”

“난 야자와라고 해.”

“야자와?”

“난….”

“헤헤. 알고 있어. 네즈라면서?”

녀석은 의미심장하게 웃으며 말했다. 그 웃음에 묘한 위화감을 느꼈다. 야자와라는 녀석은 틈을 주지 않고 떠들기 시작했다. 대부분 의미 없는 이야기였다.

‘이 녀석은 대체 뭐하는 놈이야?’

별 내용도 없는 이야기가 계속 이어졌다. 네즈는 녀석의 말을 자르기 위해 기회를 보고 있었다.

“다들 아지트에서 널 기다리고 있어.”

야자와의 그 말이 네즈의 귀를 자극했다.

“지금 뭐라고 했어? 다시 한 번 말해봐.”

자신도 모르는 사이에 야자와의 멱살을 잡고 있었다. 정확히 말하면 앞발로 멱살 부분의 털을 잡아당기고 있었다.

"야야, 이거 놔!"

야자와는 앞발을 떼어내면서 화를 냈다.

"아프잖아, 인마."

"아, 미안해. 조금 놀라는 바람에…."

다들… 아지트….

수술에 실패한 다른 쥐들의 존재를 어렴풋이 예상하고는 있었지만, 그 규모는 네즈의 예측을 훨씬 뛰어넘는 듯했다.

'연구소의 어딘가에 그런 곳이 존재한다는 이야기인가.'

야자와는 헝클어진 털을 탁탁 털더니, 앞발로 몇 번을 쓸어내렸다.

"그건 그렇고, 쥐하고 이야기하는 거 처음이 아닌가 보네. 굉장히 자연스러운데."

"아… 그러고 보니 두 번째이긴 한데…. 놀라야 하는 건가? 사실 지난번엔 나 혼자 일방적으로 이야기한 거지만…."

"짜식, 너 아무것도 모르고 있구나. 쥐라고 다 같은 쥐가 아니야."

"뭐가 달라? 뭐 지능이야 다르겠지만…."

"음… 그런 걸 일일이 설명하기에는 시간이 촉박해. 아무튼 지금은 그런 잡담을 늘어놓고 있을 때가 아냐. 이번에도 실패하면 나 진짜 죽을지도 몰라. 자, 가자."

'자기가 혼자 떠들어놓고선….'

이상한 녀석이라고 생각했지만 입 밖으로 내지는 않았다.

"대체 무슨 소리야? 가다니, 어딜?"

"이곳에서 나가자고. 너도 그럴 생각이었던 거 아니야?"

야자와가 답답하다는 듯이 말했다.

"그렇긴 한데…."

"야, 그럼 빨리 가자고. 너무 늦으면 녀석들이 돌아다니기 시작할 거야. 그렇게 되면 위험해져."

네즈는 얼떨결에 그를 따라나섰다. 이동하면서 주위를 자세히 살펴보았다. 아직 이른 시간이라 그런지 순찰 로봇의 모습은 보이지 않았다. 다만 아직은 모두들 깨어 있을 시간이었다. 상당히 위험한 시간대였다. 연구원들 모두와 마주칠 가능성이 있기 때문이었다.

"괜찮을까?"

네즈가 걱정스럽게 말했다.

"나만 믿어."

야자와는 앞발로 가슴팍을 두드리며 씩씩하게 대답했다.

- 5 -

야자와는 이번이 마지막 기회라는 것을 알고 있기 때문에 어느 때보다 꼼꼼하게 체크했다. 아침부터 새벽까지 시간별로 경비 시스템의 빈틈을 확인했다. 잠도 거의 자지 못했다. 안 그래도 붉은 눈이 더 벌겋게 물들어버린 느낌이었다.

그들은 주기적으로 경비 시스템을 파악하고 있었다. 이 연구소의 경비 시스템에는 기본적인 패턴이 있었다. 크게 두 가지였다. 사람이 활동하는 아침부터 저녁까지의 시간과 그렇지 않은 밤부터 새벽까지의 시간으로 나뉘었다.

아침부터 저녁까지는 사람들의 움직임이 활발했다. 쥐들에게는 그 자체가 두려움으로 다가왔다. 게다가 곳곳에 설치된 CCTV. 그 외에 환풍구 주변이나 쥐가 드나들 만한 구멍 근처에 트랩을 설치해 두었다. 밤부터 새벽까지는 사람을 대신해 순찰 로봇이 돌아다녔다. CCTV와 트랩도 건재했다.

그런데 이번 정찰에서는 눈에 띄는 점이 있었다. 대부분은 변함이 없었지만 아침부터 저녁까지 그들을 위협하던 사람들의 움직임이 눈에 띄게 줄었다는 것이다. 그것을 대신하기 위해서인지 트랩 수가 조금 늘었지만 CCTV와 트랩은 그 자체만으로는 큰 위협이 되지 않았다.

다만 수술실 안쪽의 상황은 파악이 어려웠다. 수술실의 크기에 비해 환풍구의 시야가 너무 좁아서 사람들이 사용하는 도중에는 정찰이 거의 불가능했다. 네즈가 실험을 마치는 시간만 파악해두었다. 대략 오후 5~6시 정도였다. 켄지도 거의 비슷했다. 카즈야는 좀 더 늦은 시간까지 수술실에서 시간을 보냈다.

오늘도 오전부터 눈치를 살폈다. 여전히 허술했다. 네즈의 실험이 끝나는 시간에 맞춰 환풍구로 달려갔다. 야자와가 도착했을 때 네즈는 샤워를 마치고 한참 행복한 시간을 보내고 있었다. 적절한 온도의 물로 샤워를 하고 푹신한 침대에 누워 간식을 먹으며 TV를 보고 있었다.

네즈가 몸을 일으키면서 야자와의 회상도 멈추었다. 네즈는 냉장고 쪽으로 걸어가더니 이내 사각지대로 사라졌다.

'음료라도 꺼낼 건가 보지?'

그렇게 마음을 놓고 있던 순간 갑자기 무언가가 달려들었던 것이다.

야자와는 네즈와 함께 환풍구와 복도를 번갈아 달리고 있었다. 환풍구에서는 트랩, 복도에서는 CCTV에 주의를 기울여야 했다. 경비가 허술하다고는 하나 긴장을 풀 수는 없었다. 정신없이 달리던 도중 어디선가 이상한 소리가 들렸다. 네즈가 말했다.

"방금 무슨 소리 들리지 않았어?"

야자와는 속도를 줄이지 않고 대답했다.

"들었어. 무슨 울음소리 같기도 하고…. 빌어먹을 순찰 로봇 2호라도 만들고 있는 건가?"

잠시 후 그들은 창고에 도착했다. 그리고 상자 사이를 지나갔다. 아주 작은 구멍이 눈에 띄었다.

"휴, 무사히 도착했군."

야자와는 안도의 한숨을 내쉬었다. 네즈는 당연하다는 듯, 야자와의 다음 행동을 기다리고 있는 모습이다. 야자와는 무언가 손해 보는 듯한 느낌에 버럭 소리를 질렀다.

"야! 좀 더 감동스러운 표정을 지으라고. 너 하나를 탈출시키기 위해 얼마나 많은 희생이 있었는지 알기나 해?"

"아, 그래? 고마워…."

말은 그렇게 했지만 표정에는 전혀 그런 느낌이 묻어나지 않았다. 야자와는 흥! 하고 고개를 돌렸다. 구출 작전은 성공이었다. 다만 너무 쉽게 성공했다는 점이 오히려 마음에 걸렸다. 환풍구를 지나는 도중 들려오던 소리가 지금도 야자와의 귓가를 맴돌고 있다.

야자와는 아지트로 이동하는 동안 쉴 새 없이 떠들어댔다. 조금 전까지 그렇게 정색을 하던 녀석이 맞는지 의심스러울 정도였다. 야쿠자의 기본 덕목, 야쿠자의 수입 구조라든지, 그의 입에서 나오는 말이라곤 전부 야쿠자와 관련된 것뿐이었다.

'뭐야? 얘는?'

네즈는 생각했다. 도대체 왜 이런 이야기를 들려주는 것일까? 자신을 위해 그렇게 많은 노력을 기울였다니 그 성의를 생각해서 참고는 있지만 더 이상 듣고 싶지 않았다. 도저히 참을 수 없다고 생각했을 때, 야자와의 움직임이 멈추었다.

"여기야."

"아…."

탁 트인 넓은 공간이 나타났다. 벽에는 여기저기 구멍이 뚫려 있었다.

"저기 끝에 단상처럼 솟은 부분이 보이지? 바로 뒤편의 구멍이 보스의 방이야."

네즈는 야자와를 따라 보스의 방으로 들어갔다. 그저 쥐들이 사는 곳일 뿐이라고 생각했다. 방이라고 해서 뭔가 특별한 것이 있을 거라는 기대는 전혀 하지 않았는데, 웬걸 인간의 방과 흡사한 모습을 하고 있지 않은가. 네즈가 사용하던 미니어처 느낌의 가구도 눈에 띄었다. 보스라 불리는 쥐는 그 나름대로 호화로운 생활을 누리고 있는 것 같았다.

놀란 눈으로 사방을 둘러보던 네즈의 시선이 방 한가운데서 멈췄다. 그곳에는 보스로 보이는 쥐가 앉아 있었다. 주변에는 여러 마리의 쥐가 그를 보좌하듯 자리하고 있었다. 그는 네즈의 모습을 보며 만족스러운 표정을 짓고 있었다. 바로 옆에는 털이 절반 이상 빠진 비쩍 마른 쥐가 보스의 어깨를 주무르고 있었다.

보스가 네즈를 내려다보며 말했다.

"잘 왔다, 네즈!"

네즈의 전신에 소름이 돋고 털이 곤두섰다. 들어본 적이 있는 목소리였다. 네즈는 기억했다.

'그 녀석이다!'

수술실에서 네즈에게 말을 걸고 어디론가 사라져버린 녀석이었다. 그날의 기억을 되살렸다. 녀석은 뒤에서 아무렇지 않게 말을 걸었다. 잘 생각해보면 얼굴을 마주한 적은 없었다. 그저 당연히 사람이라고 생각했을 뿐이었다.

"뭐야? 내가 누군지 알고 있다는 눈빛이잖아."

"요이치…라고 했었나?"

"쳇, 재미없네."

말은 그렇게 했지만 요이치의 얼굴에는 웃음이 가득했다. 기분이 좋아 보였다. 만족스럽다는 듯 야자와를 칭찬했다.

"야자와, 다시 봤어."

"헤헤, 맡겨만 줘. 보스."

양쪽 앞발을 마주하고 웃고 있는 야자와의 모습에서 왠지 모를 비굴함이 느껴졌다. 요이치는 자리에서 일어나 네즈에게로 다가왔다. 그리고 앞발을 내밀었다. 둘은 서로의 앞발을 잡는 것으로 악수를 대신했다.

짝짝짝!

주변에 있던 쥐들이었다. 어디서 본 건 있었는지, 그런 교육을 받았는지 앞발을 부딪치며 박수를 쳤다. 기계적인 움직임이었다.

"우린 좋은 친구가 될 수 있을 거야, 네즈."

다음 날 아침, 켄지는 식사를 마치고 네즈의 방에 들렀다. 오후에 예정된 실험을 위해서였다. 이른 시간이었는데도 네즈의 모습이 보이지 않았다.

'이 시간에 어딜 간 거지?'

"네즈? 네즈?"

한참 동안 불러보아도 대답이 없었다. 문득 불길한 예감에 사로잡혔다. 텅 비어 있는 방. 방의 주인은 돌아올 기미가 보이지 않는다. 잠시 후 그는 확신했다.

'네즈가 사라졌다!'

켄지는 헐레벌떡 방을 뛰쳐나갔다. 그대로 카즈야의 방으로 달렸다. 노크도 없이 방문을 열었다.

"카즈야! 네즈가!"

카즈야는 불쾌한 표정으로 자리에서 일어났다.

"네즈가 사라졌어. 빨리 박사님께…."

철썩!

난데없이 카즈야의 커다란 손바닥이 켄지의 뺨에 날아들었다. 땅바닥에 쓰러진 켄지는 멍한 표정으로 카즈야를 올려다보았다. 카즈야는 무릎을 굽히고 쓰러진 켄지의 얼굴을 두 손으로 감싸면서 부드럽게 말했다.

"켄지, 침착해…."

차분한 목소리로 말을 이었다.

"징징거리지 마. 대체 뭐가 문제야."

카즈야는 잠깐 동안 이야기를 들어준 다음, 켄지를 방으로 돌려보냈다. 모리야마 박사는 이미 정상이 아니었다. 그의 노하우는 전부 흡수했다. 홀로 남은 켄지가 자신을 거스르지는 못할 거라는 예상은 이미 하고 있었지만 조금 전의 일로 확신하게 되었다. 모든 게 예정대로였다.

단 하나, 거슬리는 것이 있다면…. 네즈가 도망갔다는 사실이었다. 녀석은 좀 더 연구할 가치가 있었다. 게다가 다른 녀석들에게 악영향을 끼칠 수도 있었다. 거기까지 생각이 미치자 괜히 기분이 찝찝해졌다.

'녀석은 아직 놓치면 안 되는 거였는데…. 너무 들떠 있었군. 뭐 괜찮아. 일이 너무 쉬워도 재미없잖아? 그래봤자 쥐새끼일 뿐인데…. 이제 와서 제 까짓 게 뭘 할 수 있겠어.'

쥐새끼 따위, 그저 실험 재료일 뿐이었다. 아버지의 명령에 따라 연구의 성과를 도둑질하고, 남몰래 자신만의 연구를 해온 카즈야로서는 오히려 그 성과를 확인할 좋은 기회라고 생각했다.

켄지는 힘없이 자신의 방으로 돌아왔다. 침대에 누워 곰곰이 생각해보았다. 카즈야에게 뺨을 얻어맞고도 말 한마디 제대로 하지 못했다. 카즈야와 눈이 마주쳤을 때 그의 눈에서 뿜어져 나오는 광기를 보았다. 거역할 수 없는 힘에 제압당한 것과 동시에 심한 자괴감을 느꼈다. 그리고 두려웠다. 처음 연구소에 왔을 때는 믿음직한 동료가 있었다. 그들은 하나둘 사라지더니 지금은 켄지만 홀로 남았다.

문득 자신을 도와줄 사람은 아무도 없다는 사실을 깨달았다. 알 수 없는 공포가 그의 전신을 에워쌌다. 언제라도 마음을 털어놓고 의지할 수 있었던 상대, 타츠야는 한마디 상의 없이 켄지의 곁을 떠났다. 그리고 네즈도….

실험용 쥐에게마저 버림받은 쓸모없는 인간의 몰골이 거기 있었다. 답답한 지하 시설에 갇혀 있다는 사실 자체만으로도 미쳐버릴 것 같다는 생각이 들기 시작했다. 켄지는 점점 헤어 나오기 힘든 수렁으로 빠져들고 있었다.

- 6 -

어느 추운 겨울날, 그해의 첫눈이 내리기 시작했다. A보육시설의 원장 유키에는 마당으로 나가려는 아이들의 손을 잡고 현관문을 열었다.

툭!

문을 반 정도 열었을 때 무언가가 부딪히는 소리가 들렸다. 커다란 라면 상자였다. 상자 안에는 추위에 떨고 있는 갓난아기가 구원의 손길을 기다리고 있었다.

그로부터 오랜 시간이 지난 어느 겨울이었다. 갓난아기는 어느새 어엿한 청년으로 성장했다. 중간 정도의 키에 갸름한 얼굴이었다. 옆으로 살짝 찢어진 듯한 날카로운 눈매를 제외한다면 그리 특별할 것은 없는 외모였다. 요이치는 매년 같은 장소에서 열여덟 번의 첫눈을 바라보고 있었다.

"마지막이 되겠군요. 이곳에서 바라보는 첫눈은…."

"무슨 소리니, 요이치. 언제든 환영이란다."

"놀러 올게요."

"그러렴. 카즈야와는 가끔 연락하고 지내니?"

"아뇨, 그날 이후로 한 번도…."

동갑내기인 카즈야가 시설에 입소한 것은 초등학교 5학년 여름방학 때의 일이었다. 카즈야는 얼굴도 잘생긴데다 요이치와 같이 서면 한 뼘 이상 차이가 날 정도로 키가 컸다. 몸집이 크고 다부진 느낌이어서 또래에 비해 어른스러워 보였다.

방학이 끝나고 전학한 첫날 학교의 일진과 시비가 붙었는데, 녀석의 주먹이 상대의 얼굴에 꽂히자마자 상황은 끝이 나버렸다. 구경꾼

이 몰려들 새도 없었다. 그날부터였다. 둘은 그 일대의 학교를 하나둘 접수하기 시작했다. 카즈야가 대상을 점찍으면 주변 학교의 정보에 밝은 요이치가 적절한 전략을 수립하고 판을 만들어주었다.

거기까지만 본다면 주변에서 흔히 볼 수 있는 아이들의 싸움이었다. 하지만 카즈야는 도가 지나쳤다. 싸울 때마다 쓰러진 상대의 팔이나 다리를 부러뜨리더니, 급기야 손가락 열 개를 모조리 꺾어버린 것이었다.

"아무래도 이번엔 조용히 지나갈 수 있는 범위를 넘어버린 것 같은데…."

요이치가 겁먹은 목소리로 말했지만 카즈야는 아무런 대답이 없었다. 그저 소름 끼치는 표정으로 미소 지을 뿐이었다. 요이치는 될 대로 되라며 마음을 비웠다.

하지만 이상했다. 며칠이 지나도 아무런 일도 일어나지 않았다. 둘이 등교를 거부한 지 3일째 되던 날, 멋지게 차려입은 중년의 신사가 시설을 찾았다. 잠시 후 신사는 카즈야의 손을 잡고 시설을 나섰다.

성인이 되어 시설을 떠난 요이치는 평범한 직장 생활에 적응하지 못한 채, 여자와 노인을 대상으로 사기를 치며 살아가고 있었다. 상대에 대해 충분한 사전 정보를 수집하고 자연스럽게 접근한다. 보호본능을 일으키는 외모와 뛰어난 연기력으로 상대의 마음을 사로잡은 후 상황에 맞는 구실을 내세워 돈을 빌린다. 적절한 순간을 잡아 완벽하게 자취를 감춘다. 그런 식이었다.

언제나 그랬듯, 타인의 눈물과 맞바꾼 돈이 떨어지고 새로운 건수를 물색하던 어느 날, 교차로에서 신호를 기다리던 요이치는 검은 옷을 입은 덩치 큰 사내와 부딪혔다. 요이치가 인상을 찡그리며 소리쳤다.

"눈을 어디에 두고 다니는 거야?"

고개를 들자, 거기에는 낯익은 얼굴이 미소 짓고 있었다.

"어? 카즈…야?"

"요이치."

카즈야는 의사가 되어 있었다. 그런 일을 저지르고도 말이다. 좋은 아버지를 만났기 때문이라고 했다. 그때의 신사가 카즈야의 양아버지였다. 요이치는 그날 상당히 들뜬 기분으로 많은 대화를 나누었다. 카즈야도 요이치를 특별한 존재로 생각하는 것 같았다.

"그래서, 요이치. 넌 앞으로 무슨 계획이라도 있는 거야?"

"아, 그러게. 뭐 없을까? 예전에 너랑 같이 휩쓸고 다닐 때가 좋았는데… 아무 걱정 없이…."

"하하. 그런 시절이 있었지. 특별히 할 일이 없으면 나 좀 도와줘."

"응? 무슨?"

"너한테 꼭 맞는 일이야."

정확히 말하면 카즈야가 아니라 그의 양아버지를 돕는 일이었다.

그의 아버지는 정부기관에서 일한다고 했다. 사실 그런 것은 아무래도 좋았다. 그때그때 필요한 정보를 수집하는 것만으로 짭짤한 수입을 얻을 수 있었다.

하지만 아무런 의심 없이 녀석을 돕기로 결정한 것이 재앙의 시작이 될 것이라고는 미처 생각하지 못했다. 특히나 모리야마 박사에 대한 정보를 넘긴 것은 요이치에게 치명적으로 작용했다. 카즈야의 양아버지는 그런 정보를 이용해 박사에게 접근하고 아들인 모리야마 나오타로의 수술을 방해하기도 한 것이다.

그들과 많은 일을 함께하면서 카즈야를 직접 만난 일은 거의 없었다. 주로 카즈야의 누나가 접선 장소에 나타났다. 물론 새아버지가 입양한 아이들 중 하나였기 때문에 친남매는 아니었다. 그녀는 뇌쇄적인 매력을 지닌 미인이었다.

그날도 요이치는 시내 커피숍에서 그녀와 단둘이 만났다. 새로운 미션이 있다고만 들었다. 그런데 그녀의 눈빛이나 움직임에서 평소와는 다른 무언가를 느꼈다. 요이치는 뭔가에 홀린 듯 그녀의 손을 잡고 커피숍을 나왔다. 근처에는 모텔이 널려 있었다.

그녀가 먼저 샤워를 했다. 요이치가 샤워를 마치고 나왔을 때는 맥주와 마른안주로 간단한 술자리가 마련되어 있었다. 요이치가 그윽한 눈빛으로 그녀를 바라보았다. 그녀도 눈을 가늘게 뜨고 요이치를 바라보았다. 맥주가 그녀의 목을 넘어가고 있었다. 요이치는 침을 삼켰다. 그녀는 매력적인 미소를 머금고 말했다.

"같이 마셔요."

그녀의 말에 고개를 끄덕이고 맥주 한 캔을 다 비웠다. 그리고 눈이 감겼다. 다음에 다시 눈을 떴을 때 요이치는 쥐가 되어 있었다.

물론 당시에는 쥐가 되었다는 사실을 인지하지 못했다. 그곳에는 뇌수술을 통해 지능이 높아진 쥐가 있을 뿐이었다. 아무것도 모른 채 만족스러운 삶을 살았다. 같은 시간, 인간의 뇌는 쥐의 일부가 되어 있었다. 인간은 그곳의 주인이 아니었다. 쥐의 뇌는 갑작스레 찾아온 불청객의 지능을 받아들인 반면, 인간이 가지고 온 기억은 한쪽 귀퉁이로 처박아버렸다. 환영받지 못한 기억은 그날부터 깊은 잠에 빠져들었다.

얼마나 긴 시간이 흘렀을까. 어느 날 인간의 기억이 눈을 떴다. 제대로 정신을 차리고 보니 그가 비집고 들어갈 틈이 아주 없지는 않았다. 호시탐탐 기회를 노렸다. 조금만 틈이 생기면 그곳을 공략했다. 그곳에서는 격렬한 전투가 벌어졌다. 틈을 파고드는 인간의 기억과 그것을 막으려는 쥐의 뇌. 몸의 주인은 그때마다 강렬한 충격에 정신을 잃었다.

살아 있다는 것이 당연했던 시절에는 미처 깨닫지 못했다. 자기 자신이 가진 삶에 대한 강한 욕망을…. 인간은 강하게 갈망했다. 살고 싶다. 누르려 하면 할수록 더욱 강해졌다. 그런 강한 의지가 쥐를 조금씩 집어삼키고 있었다.

그 뒤로도 비슷한 상황이 수차례 반복되었다. 대략 3개월이 지난 어느 날이었다. 인간과 쥐, 두 개의 전혀 다른 뇌는 마지막 결전을 펼쳤다. 모든 것이 끝나던 마지막 순간, 거대한 폭발이 일어났다. 최후에는 둘 중 하나만 남게 되었다. 붙어 있던 쥐의 눈꺼풀이 살며시 올라갔다. 몇 번을 깜빡였다. 그러고는 요이치가 말했다.

"어째서 내가 여기에 있는 거지?"

멍하게 있는 동안에도 기억은 돌아오고 있었다. 그 속도는 점점 빨라졌고 잠시 후에는 그야말로 거대한 기억의 파도가 밀려왔다. 머리가 터질 것 같은 통증을 느꼈다. 그렇게 상당 부분의 기억이 순간적으로 돌아왔다. 나머지 부분적인 기억은 특수한 상황에서 조금씩 되찾았다.

한바탕 전쟁을 치르고 어렵사리 승리를 쟁취했다. 하지만 이제 시작일 뿐이었다. 다음 단계로 넘어갈 자격을 부여받게 된 것에 지나지 않았다. 가장 힘든 전쟁은 따로 있었다. 바로 자신과의 싸움이었다. 드디어 인간으로서의 존엄성을 되찾았다고 생각했지만, 사실은 말도 안 되는 소리였다. 쥐인 줄만 알았던 자신이 사실은 인간이었다.

'눈을 떠보니 쥐가 되어 있더라.'

벼락부자라면 몰라도 쥐라니…. 당연한 이야기지만 사람으로 돌아갈 방법 따윈 어디에도 없어 보였다. 며칠을 앓아누워 있었다.

'그냥 죽어버릴까, 아니면 녀석을 죽이고 나서 나도 죽어버릴까.'

수많은 고민을 했다. 하지만 이미 결론은 정해져 있었다. 이 단계까지 도달했다는 것 자체가 삶에 대한 욕망과 의지로 똘똘 뭉친 사람이라는 증거였다. 결국 머지않아 그 사실을 받아들이게 되었다. 다시 살아갈 길을 모색할 수밖에 없었다. 나머지는 그다음에 생각하기로 했다.

우선 자기 자신에 대해 파악할 필요가 있었다. 쥐의 몸을 하고 있지만 이전의 인격은 그대로였다. 근거는 없지만 요이치는 확신하고 있었다. 사람이었을 때의 성격이나 행동양식이 그대로 자신을 지배하고 있었다. 취미, 특기, 자신만의 독특한 버릇, 지능까지도 거의 완벽하게 이식되었다.

단순한 이식이라기보다는 강화되었다는 표현이 좀 더 정확했다. 요이치는 느낄 수 있었다. 그의 오감은 수술 전보다 오히려 더 예리하고 날카로워졌다는 것을.

갑자기 카즈야의 얼굴이 떠올랐다.

'의사라는 놈이 사기꾼에게 사기를 치다니, 젠장!'

생각해보면 너무나 당연한 일이었다. 자신들의 비밀을 아는 사람을 언제까지 살려둘 수는 없는 노릇이 아니겠는가. 그렇게 생각했다.

나중에 카즈야는 웃으며 대답해주었다.

"그냥 샘플이 필요했을 뿐이야. 그리고 요이치 네가 떠올랐어."

요이치는 마음속으로 이를 갈았다. 할 수만 있다면 바로 죽여버리고 싶었다.

- 7 -

요이치는 분실한 것으로 처리되었다. 공식적인 원인은 켄지의 관리 태만이었다. 요이치의 기억이 돌아오기 이전의 일이었다. 사실 모든 것은 카즈야의 계획이었다. 그걸 고스란히 켄지라는 녀석이 덮어쓴 것이다. 카즈야는 오히려 켄지를 감싸는 척했다. 그 일로 둘은 이전보다 가까운 사이가 되었다.

카즈야는 그런 식으로 모리야마 박사의 연구 데이터를 가로챘다. 카즈야의 방에는 비밀 공간이 존재했다. 그곳에서 빼돌린 쥐들의 데이터를 수집했다. 때로는 별도의 실험을 하기도 했다. 요이치도 한동안 그곳에서 생활했다.

기억이 완전히 되살아났을 때 요이치는 생각했다. 이곳에서는 미래가 없다. 물론 호화로운 생활 자체에 불만이 있는 것은 아니었다. 하지만 극진한 대접을 받는 데는 다 이유가 있었다. 아직도 실험 재료로서의 가치가 남아 있기 때문이었다. 문제는 그 가치가 무한하지 않다는 것이었다.

요이치는 카즈야의 손아귀에서 벗어나기로 마음먹었다. 작고 가느다란 상자 안에 필요한 물건 몇 가지를 담았다. 짐을 등에 올리고 떨이지지 않게 끈으로 묶었다. 봇짐장수 같은 모습으로 방을 나섰다. 어느 날 갑자기 요이치가 모습을 감추었지만 카즈야는 별다른 조치를 취하지 않았다. 카즈야의 방에서 실험용 쥐가 도주한 것은 요이치가 처음이 아니었다. 그것조차 실험 재료의 행동양식을 분석하는 데이터가 되고 있었다.

그렇게 막상 도망쳤지만 갈 곳이 없었다. 카즈야가 주는 음식을 먹고 그의 보호를 받으며 살아왔다. 온실 속의 화초와 같은 생활에 익숙해져버린 것이다. 익숙지 않은 환풍구, 복도, 배수관을 이리저리 돌아다녔다. 그 사이에 CCTV와 각종 트랩의 존재를 확인했다. 한참을 헤매다 복도 끝 창고 구석에서 작은 구멍을 발견했다.

안으로 들어가자 미로 같은 길이 이어졌다. 몇 번의 시행착오를 거친 후 쥐들이 모여 있는 곳에 도착할 수 있었다. 놀랍게도 실험실에서 도망친 쥐들이 무리를 이루고 있었다. 그야말로 모르모트의 세상이었다. 목덜미에 번호가 없는 녀석들도 보였다. 녀석들은 다음 세대였다. 실험실에서 나온 쥐들은 이곳에 정착했다. 그렇게 무리를 짓고 새끼를 낳은 것이었다.

사람들이 본다면 이런 꼴로 변해서도 새끼를 갖고 싶으냐고 조롱할지도 모른다. 요이치 역시 처음에는 그렇게 생각한 적이 있었다. 하지만 그런 말은 이런 몸이 되어보지 못했기 때문에 할 수 있는 말이다.

인간의 지능을 가지고 있다고는 하나, 쥐의 몸으로 살아가고 있다. 그 몸이 지닌 본능을 도저히 이기지 못할 때가 있었다. 게다가 인간의 지능을 온전하게 유지한 경우는 요이치밖에 없었다. 일반적인 쥐보다는 덜했지만 무리의 번식 속도는 결코 느린 편이 아니었다.

새로운 세대의 경우 간단한 신호로 겨우 의사소통을 하는 수준이었다. 1세대의 실험용 쥐들은 대체로 어느 정도의 지능을 갖고 있었다. 경우에 따라 상당한 수준의 대화가 가능한 녀석들도 있었다. 녀석들은 인간일 당시의 직업과 관련된 일에는 상당히 능숙했다. 덕분에 방을 꾸미기도 하고 간단한 도구를 만들기도 하면서 지금의 아지트를 만들었다.

무리 속에서 요이치의 지능은 격이 달랐다. 트랩을 피하고 식량을 조달하는 방법에 이르기까지 그의 지시를 따르면 걱정이 없었다. 무리는 점차 안정을 찾았다. 그리고 그를 이 무리의 절대적인 존재로 만든 사건이 발생했다.

- 8 -

언제부터인지 연구소 복도에는 고양이 한 마리가 돌아다니기 시작했다. 카즈야가 들여온 것 같았다. 평소라면 복도를 어슬렁거릴 고양이가 어떻게 된 일인지 창고의 구멍 앞을 막고 있다는 보고를 받았다. 식량을 조달하러 나간 새끼 쥐를 따라온 것 같았다.

인간에게 그곳을 들키면 곤란했다. 언제까지나 숨길 수는 없겠지만 적어도 지금은 아니었다. 요이치는 [앞니]와 [짝귀]를 데리고 배수관을 지나고 있었다. 창고 쪽은 고양이가 기다리고 있었기 때문에 공용 샤워실 방향으로 우회하는 길을 택했다.

보통은 이쪽 방면의 길은 사용하지 않는 것이 원칙이었다. 물론 그곳의 끈끈이와 쥐덫이 놓인 곳 역시 모두 파악하고 있었다. 문제는 알고도 피하기 어려운 위치에 설치되어 있다는 점이었다. 하지만 오늘은 선택의 여지가 없었다.

서서히 빛이 보이기 시작했다. 공용 샤워실로 통하는 배관의 출구가 보였다. 힘껏 뛰어올랐다. 끈끈이가 보였다. 공중에서 왼쪽으로 몸을 비틀어 조금 떨어진 곳에 착지했다.

"[앞니]와 [짝귀]는 이곳에서 대기한다."

"누…에…에."

둘은 고개를 끄덕이며 어눌하게 대답했다.

요이치는 벽을 타고 환풍구로 뛰어들었다. CCTV의 사각은 이미 눈을 감고도 찾을 수 있을 정도였다. 창고 근처에 도착해서 고양이를 유인했다. 너무 가까이 다가가는 것은 위험했다. 충분한 거리를 유지하지 못하면 잡힐 위험이 있었다. 고양이는 최대 20미터 거리에 있는 쥐의 발소리를 듣는다고 한다. 고양이가 요이치를 존재를 눈치채고 밖으로 나왔다.

요이치는 공용 샤워실로 도망쳤다. 그런데 고양이의 속도가 생각보다 빨랐다. 이대로라면 잡혀버릴지도 몰랐다. 요이치는 온 힘을 다해 벽을 타고 환풍구로 향했다. 고양이가 힘차게 뛰어올랐다. 요이치의 몸이 환풍구로 들어감과 동시에 고양이의 발이 요이치의 꼬리를 스쳤다. 간발의 차였다. 요이치는 가슴을 쓸어내리고 다시 샤워실 쪽으로 이동했다.

고양이는 바로 움직이지 않았다. 요이치를 놓친 곳에 멈춰 서서 이동 경로를 파악했다. 샤워실에서 발소리가 멈추었다. 고양이는 부리나케 샤워실로 달려갔고 구석에 웅크리고 있는 쥐의 모습을 발견했다. 빠른 속도로 쫓아오는 고양이를 보고 놀란 모습이었다. 불쌍하게도 도망갈 엄두조차 내지 못하고 있었다. 그때였다.

고양이는 쥐의 앞에 무언가 위험한 물체가 있다는 사실을 깨달았다. 이미 늦은 듯했다. 물기가 남은 바닥에 가속도가 붙어 그대로 미끄러졌다. 쥐는 미처 도망가지 못한 것이 아니었다. 함정을 파고 기다리고 있었던 것이다.

고양이의 몸이 그대로 끈끈이에 달라붙었다. 고양이는 끈끈이에서 벗어나기 위해 안간힘을 썼다. 쥐를 잡기 위한 용도였지만 고양이라고 해서 그리 쉽게 떼어 낼 수 있는 것은 아니었다. 도망치려 하면 할수록 털이 엉키기 시작하면서 더욱 큰 고통을 느꼈다.

[앞니]와 [짝귀]는 무리 내에서 특별히 지능이 높고 행동이 빠른

쥐였다. 둘은 끈끈이에 걸리지 않도록 주의하면서 고양이를 공격했다. 하지만 고양이는 역시 고양이였다. 고통스러워하면서도 쉽게 쓰러지지는 않았다. 죽을힘을 다해 반격하는 바람에 오히려 [짝귀]가 등에 상처를 입고 말았다. 소강 상태가 지속되면서 양쪽 모두 지쳐가고 있었다.

요이치는 환풍구에서 그 모습을 지켜보고 있었다. 요이치의 허리춤에는 칼집처럼 생긴 자그마한 물건이 달려 있었다. 요이치는 거기에서 뾰족한 바늘을 꺼냈다. 고양이는 끈끈이와 두 마리의 날쌘 쥐를 상대하느라 어둠 속에서 자신을 노리고 있는 존재를 전혀 알아채지 못했다.

요이치는 재빨리 움직였다. 환풍구에서 뛰어내리자마자 바로 고양이의 옆구리로 몸을 던졌다.

푸욱!

순식간에 벌어진 일이었다. 고양이의 옆구리가 바늘을 집어삼켰다. 내장에 적지 않은 손상을 입었을 터였다. 그렇게 기세등등했던 고양이가 비틀거리기 시작하더니 쥐들의 발아래에 축 늘어져버렸다.

그 모습을 지켜보던 두 마리의 쥐는 두려움을 넘어 경외심 가득한 눈빛으로 요이치를 바라보았다. 쥐에게 고양이란 어떠한 존재인가. 멀리서 그저 바라보는 것만으로도 두려움에 다리가 덜덜 떨릴 정도의, 그야말로 공포의 대상이라 할 수 있었다. 그런 천적을 상대로 압

도적인 모습을 보여주었다.

그때부터였다. 요이치는 전설이 되어 무리의 보스로 불리기 시작했다. 처음에는 쥐새끼들의 보스라는 것에 별다른 감흥을 느끼지 못했다. 하지만 이후 야쿠자였던 야자와와 건축가였던 타나카가 차례로 합류하게 되었다. 그들은 인간의 지능을 고스란히 갖고 있었다.

그런 인간에 가까운 모르모트의 합류로 인해 무리는 점차 그럴싸한 규모와 시스템을 갖춰 나갔다. 모두가 자신을 우러러보며 받들고 있었다. 요이치는 왕이 된 것 같은 기분을 느꼈다. 거기에서 그 나름대로의 만족감을 느끼기 시작했다.

적어도 그 사실을 알기 전까지는 그랬다. 차라리 몰랐다면 좋았을 것을. 겨우 여기까지 왔다. 보잘것없는 쥐새끼들의 왕이 되는 것조차 허락할 수 없단 말인가. 이대로 당할 수는 없었다. 반드시 찾아야만 했다. 그것을 극복할 방법을….

- 9 -

요이치가 그 사실을 알게 된 계기는 우연한 것이었다. 그날은 연구소의 동태를 살피고 있었다. 평소대로라면 야자와가 해야 할 일이었지만 녀석은 마침 어디서 썩은 음식을 주워 먹고 나타나서는 앓아누워 있었다. 오랜만에 직접 연구소를 돌아보는 것도 괜찮겠다 싶었다.

카즈야의 방으로 이어진 환풍구를 지나고 있었다. 아래를 내려다보니 카즈야의 모습은 보이지 않았다. 환풍구 아래로 내려갔다. 카즈야로부터 도망친 후 처음이었다. 오랜만에 방문했지만 낯설게 느껴지지는 않았다. 도망치기 전에는 하루하루를 보내던 곳이다.

감회에 젖어 방 안을 살피던 중 눈을 감은 채 누워 있는 쥐를 발견했다. 마취가 풀리지 않은 상태인 듯했다. 이미 수술을 마친 것으로 보였다. 또 어떤 나쁜 일을 꾸미고 있는 건지. 자신이 쥐가 되어 이렇게 돌아다니고 있는 게 전부 카즈야의 탓이라는 데 생각이 미쳤다. 한동안 가라앉았던 분노가 치밀었다.

앞발로 목덜미의 털을 살짝 올려보았다. 목에는 no63이라는 번호가 적혀 있었다. 뭔가 이상했다. no63이라는 번호로 보아 요이치보다 먼저 수술한 녀석이었다.

"제대로 수술이 성공한 것은 내가 처음일 텐데…. 그렇다면 폐기되거나 우리 무리에 섞여 있어야 할 녀석이…. 어떻게 아직도 여기에 있는 거지? 게다가 멀쩡하게 살아 있는 상태로…."

요이치는 머리가 복잡해졌다. 알 수 없는 불안감을 느꼈다. 순간 어디선가 아주 작은 말소리가 들린 것 같았다. 아무도 없다고 생각했는데…. 소리가 나는 곳은 이 방 안에 존재하는 또 하나의 비밀 공간 쪽이었다. 선반의 모서리를 지나쳤다. 그곳에는 너무나도 익숙한 문이

떡하니 버티고 서 있었다.

문은 살짝 열려 있었다. 작은 소리는 그 아래쪽에서 들려오고 있었다. 통로를 잇는 계단의 끝에는 비밀 연구실이 자리하고 있다. 카즈야는 그곳에서 누군가와 통화를 하고 있는 것 같았다. 외부로 연락이 가능한 것은 모리야마 박사뿐이라고 알려져 있었지만 실제로는 그렇지가 않았다. 바로 저 사기꾼 녀석도 외부와 연락을 주고받았다. 대체로 메시지를 이용했지만 여유가 있을 때는 대놓고 통화를 하는 일도 있었다.

녀석이 갑자기 올라온다고 가정하고 자신이 서 있는 곳에서 아래쪽까지의 거리를 대충 계산해보았다. 두 공간의 거리를 감안하면 도망갈 시간은 충분해 보였다. 목소리가 잘 들리는 곳까지 접근했다.

들려오는 목소리에 집중해보았지만 통화 상대의 목소리는 들리지 않았다. 다만 카즈야의 대답을 통해 전체적인 내용을 파악할 수는 있었다. 게다가 그 내용을 통해 대화 상대 역시 대충 짐작할 수 있었다. 아마도 연구소의 사람들이 T라고 부르는 남자, 바로 카즈야의 양아버지일 것이다.

"이걸로 거의 확실해졌습니다."

카즈야가 말한 후, 잠시 동안 정적이 흘렀다. 상대방의 이야기가 길어지는 듯했다. 그다음에 이어진 말은 요이치를 극도의 긴장 상태로 몰아넣었다.

"네, 그렇습니다. 우선 대부분의 경우 두뇌가 최고로 활성화된 이후에도 일정 기간 그 상태를 유지합니다. 하지만 일정 기간이 지난 후에는 급격한 뇌세포의 파괴가 이루어지는 것으로 보입니다. 실패작이든 성공작이든 동일합니다. 다만 애초에 그 최고치 자체가 낮을 경우 파괴도 빠르게 진행됩니다. 반대로 높을 경우에는 상당 기간 그 상태를 유지할 수 있습니다. 결국 인간의 기억을 원형 그대로 되찾는 개체일수록 오랜 기간 최상의 상태를 유지한다고 말씀드릴 수 있습니다."

잠시 말이 끊겼다.

실패작이든 성공작이든….

카즈야는 분명히 그렇게 말했다. 요이치는 머리가 어질어질했다. 그런데 그걸로 끝난 것이 아니었다. 카즈야의 다음 대답은 정말 가관이었다.

"네, 여러 가지 시도를 해보고 있습니다만, 현시점에서 그 문제를 완벽히 해결할 방법은 없습니다."

'뭐라고!!! 누구 맘대로!!!'

하마터면 소리를 지를 뻔했다.

"네, 그 나름대로 예상은 할 수 있을 거라고 생각합니다. 다만 계속해서 쥐를 빼돌렸기 때문에 그 사실을 눈으로 확인한 사람은 저밖에 없습니다."

또다시 정적이 흘렀다. 요이치는 이 상황을 받아들이기 힘들었다. 하지만 모든 실험용 쥐들이 받아들여야 할 운명이었다. 머지않은 미래에 그들의 뇌세포는 파괴되어버린다.

"아, 네. 물론 그건 부수적인 문제니까 지금은 그다지 상관이 없습니다. 다만 뇌세포의 급격한 파괴 현상을 막을 방법이 있으면서도 의도적으로 막지 않는 것과 처음부터 막을 방법이 없는 것은 다릅니다. 파괴를 늦추거나 막는 방법이 앞으로는 필요하게 될지도 모르는데다가…."

상대방이 그의 말을 자른 듯, 카즈야의 목소리가 갑자기 멈추었다. 그쪽 입장에서는 그다지 중요하지 않은 이야기인 것 같았다. 하지만 요이치에게는 엄청나게 중요한 이야기였다. 요이치의 눈이 불타오르고 있었다.

'무슨 무책임한 소릴 지껄이는 거야. 상관이 없다니!'

"네, 네. 알겠습니다."

통화는 거기서 끝이 났다. 더 이상 카즈야의 목소리는 들리지 않았다. 서둘러 이곳을 떠나야 했다. 기가 막혔지만 당장은 이렇다 할 방법이 떠오르지 않았다. 아지트를 향해 발길을 돌렸다. 녀석을 절대로 용서할 수 없다는 말만 수없이 되뇌면서.

'기다려라, 카즈야. 언젠가 반드시 그 대가를 치르게 해줄 테니….'

- 10 -

네즈는 요이치에게 들은 이야기를 떠올리고 있었다.

T, 카즈야, 모리야마 박사의 수술.

충격적인 이야기였다. 물론 모든 말을 있는 그대로 신용하지 않는다고 하더라도 그냥 흘려보내기 힘든 이야기가 대부분이었다. 그 이야기는 최근 연구소의 정황과도 맞아떨어졌다. 네즈가 느꼈던 위화감의 원인을 찾은 것 같았다.

'나의 정체가 인간의 뇌를 이식받은 쥐라니! 아니, 쥐에게 뇌를 이식당한 인간인가? 애초에 이 뇌를 제공하기 이전, 인간이었을 당시의 나는 누구란 말인가.'

거기까지 생각했을 때였다. 여지없이 머리에 격렬한 통증이 느껴졌다. 통증은 이전보다 훨씬 강렬했다. 무언가가 일어날 것만 같았다. 머릿속에서 천둥 번개가 울부짖었다. 거대한 폭풍이 몰려오고 있었다. 그 순간 지금까지 꾸어왔던 꿈들을 기억했다.

이번에는 뭔가가 뻔쩍했다. 눈을 질끈 감았다.

모리야마 박사, 켄지, 카즈야, 요코, 타츠야, 나오타로….

점점 더 혼란스러웠다.

갑자기 주위가 조용해졌다. 조금 전까지 확실히 깨어 있었다고 생각했다. 한데 지금은…. 네즈는 깨어 있는 상태로 이전의 꿈을 기억하고 있는 것인지, 아니면 이미 깊은 꿈속에 빠져 허우적대고 있는 것인지 분간할 수 없었다. 어쩌면 꿈과 현실을 잇는 그 모호한 경계에 있는지도 몰랐다.

그렇게 이틀을 꼬박 잠들어 있었다. 잠에서 깨어난 네즈는 기억해냈다. 다시 한 번 무수한 기억의 조각들이 머릿속에서 부딪혔다. 그것은 뇌에서 거대한 폭발을 일으켰다. 머리가 터질 것 같은 느낌을 받는 동시에 조각난 기억들과 꿈에서 본 장면들이 유기적으로 연결되고 있었다. 그는 기억했다. 자신이 인간이었던 때를…. 그의 이름은 타츠야였다. 그리고 요코….

나오타로는커녕 요코조차 구하지 못했다. 그러고는 무력하게 쓰러졌다. 네즈가 배움에 대한 끊임없는 욕망을 가지고 있던 것과 켄지에게 그토록 친근감을 느낀 것은 모두 타츠야의 영향이었다.

그는 이 작은 몸으로 쥐의 삶과 인간의 삶을 동시에 짊어지게 되었다. 자신은 인간인가, 쥐인가. 앞으로는 어느 쪽의 삶을 살아가야 하는가. 아니, 수명이 다할 때까지 쥐의 몸으로 살아가야 할지도 모른다.

아무런 의심 없이 네즈로서의 삶을 살 때와는 다른 기분이었다. 모르모트는 어느 쪽인가. 인간에게 몸을 제공하고 네즈라는 이름을 부여받은 이름 모를 쥐인가. 아니면 뇌를 쥐에게 제공하고 쥐의 몸에 들어간 인간 타츠야인가. 그것도 아니라면 실험용 쥐와 실험용 인간, 양쪽 모두 결국은 모르모트에 지나지 않는 존재인 것인가.

네즈 역시 요이치, 야자와, 타나카 그리고 수많은 모르모트들이 그래왔던 것처럼 말로 표현하기 힘든 충격에 빠졌다. 단, 그들과의 차이가 있다면 타츠야의 뇌를 이식했다는 점이었다. 이내 무력감과 자괴감을 떨쳐버렸다. 수많은 고민도 잠시 접어두었다.

자신의 존재에 대한 고민, 앞으로 살아갈 길에 대한 고민, 죽느냐 사느냐 하는 삶에 대한 고민. 그런 것들은 지금 상황에서 벗어나는 데 아무런 도움도 되지 않았다. 그런 한가한 고민 속에서 허우적거릴 여유는 없었다. 그는 앞으로 나아가야만 했다. 그의 두뇌는 지금, 바로 여기서 가능한 한 최선의 방법을 찾기 위해 회전하기 시작했다.

지금까지 정신을 잃을 때마다 꿈을 꾸었다. 단, 깨고 나면 거의 기억을 하지 못했다. 하지만 이제는 다르다. 이전의 꿈속에서 본 모든 일과 자신의 행동이 생생하게 그려졌다. 그 꿈이야말로 잃어버린 인간의 기억을 찾기 위한 여행이었던 것이다.

그동안 꿈속에서 모리야마 박사를 비롯한 다른 사람들이 그토록 생생하게 보였던 것에 반해, 요코와 타츠야 자기 자신은 기억하지 못했다. 그것은 쥐가 되고 난 후 이미 요코와 타츠야가 존재하지 않았기 때문이었다.

아직까지 부분적으로 이어지지 않는 기억이 꽤 남아 있었다. 결국 요이치의 말 그대로였다. 나머지 기억은 차츰 돌아올 것이다. 문제는 역시 기억을 모두 되찾고 난 이후였다. 개체마다 차이는 있었다. 하지만 결국에는 인간의 기억을 다시 잃어버린다.

현시점에서 인간의 기억을 제대로 간직하고 있는 쥐는 모두 넷이었다. 네즈, 요이치, 야자와, 타나카였다. 넷을 제외한 나머지 쥐들은 대부분의 기억을 잃어버렸다. 그나마 다행스러운 점이 있다면, 기억은 사라졌지만 인간이었을 당시의 언어나 습관, 행동 패턴 같은 것은 남아 있었다. 또한 뇌세포가 완전하게 파괴되지는 않는지 어느 정도의 지능이 남아 있는 상태로 살아가고 있었다.

지금 상황에서 인간의 몸으로 돌아가는 것은 불가능에 가까워 보였다. 그렇다면 뇌세포의 파괴를 막는 것이 최우선 과제였다. 타츠야는 이전부터 새로운 방식의 수술 방법을 고민해왔다. 게다가 네즈 역시 모리야마 박사의 수술을 참관한 이후부터 우려하던 부분이 있었기 때문에 그 나름대로의 해결책을 구상해두었다.

다만 머릿속으로 수없이 많은 시뮬레이션을 거쳤다고는 하나 실제 수술은 이번이 처음이었다. 그것보다 더 근본적인 문제가 하나 남아 있었다. 그는 쥐의 몸이었다. 혼자서 그런 수술을 할 능력은 없었다. 누군가 숙련된 보조가 필요했다. 요이치의 정보 덕분에 모든 일의 원흉이 카즈야라는 사실을 알게 되었다. 그렇다면 남은 건 켄지다. 빠른 시일 내에 켄지를 찾아가야 한다.

"깨어났군."

네즈는 귀에 익은 목소리를 들었다. 요이치였다. 요이치라는 건 no69가 인간이었을 때의 이름이었다. 그리고 지금 사용하는 이름이기도 했다. 네즈란 이름은 [프로젝트-네즈]라는 프로젝트명에서 따온 것이라고 했다. 결국 그 네즈라는 것은 거기에 사용된 모든 모르모트에게 부여된 이름이었다. 요이치와의 첫 만남에서 그의 비웃음을 샀던 이유였다.

앞으로는 어떤 이름으로 불리기를 원하느냐는 요이치의 물음에, 달리 그 이름을 사용하는 모르모트가 없다면 자신이 네즈로 남겠다고 대답했다. 이런 상황에서 타츠야든 네즈든 no99든, 어차피 무슨 상관이 있겠는가. 인간은 몸을 잃고 쥐는 뇌를 잃었다. 당사자의 의사와 상관없이 인간인지 쥐인지도 명확하게 말할 수 없는 존재가 되어버렸다.

다만 모든 생각을 주관하고 몸의 모든 부분에 명령을 내리는 머리는 타츠야였다. 그렇다면 아무 죄도 없이 사라져간 이 작은 생명이 갈 곳은 어디란 말인가. 쥐는 생각 없는 껍데기만 남았다.

왜 이렇게까지 쥐의 상황을 대변하려 하는지 타츠야 자신도 이해하지 못했다. 인간과 쥐의 뇌가 섞여버린 탓인지도 몰랐다. 그의 마음이 그렇게 말하고 있었다. 하다못해 이름만이라도 남겨주기를 바란다고. 그렇게라도 사라져간 작은 생명을 떠올려주길 바란다고. 그렇게 말하고 있었다.

요이치는 대수롭지 않게 말했다.

"그래, 좋을 대로 해. 그래서 네즈, 넌 앞으로 어떻게 할 생각이지?"

- 11 -

네즈는 요이치를 신뢰할 수가 없었다. 자기 자신을 위해서는 어떠한 나쁜 짓이라도 마다하지 않을 녀석으로 보였기 때문이다. 인간으로 살아갈 당시에도 계획적으로 타인의 행복을 빼앗으며 살아왔다.

이곳에서 모르모트의 낙원을 만든 것은 칭찬할 만한 일이었다. 하지만 그것 역시 자신의 필요에 의해 그렇게 한 것일 뿐 다른 쥐를 위한 것은 아니었다. 쥐를 대하는 태도에서도 그런 것이 고스란히 느껴졌다. 특히 야자와를 함부로 대하는 모습에서 심한 거부감을 느꼈다.

이곳의 모르모트는 인간일 당시의 인격을 그대로 계승하고 있었다. 그 때문에 요이치는 언제 터질지 모르는 시한폭탄이었다. 그 시기가 문제일 뿐이었다. 자신의 뇌가 완벽해지고 나서일지… 아니면 카즈야란 장애물이 사라지고 난 다음일지….

하지만 지금의 네즈에게는 선택권이 없어 보였다. 게다가 요이치가 없었다면 여유롭게 앞으로의 계획을 생각하지도 못했을 것이었다. 이유야 어떻든 그 점은 진심으로 감사하고 있었다. 결국 카즈야를 쓰러뜨릴 때까지는 요이치를 도울 수밖에 없었다.

네즈가 마음에 들지 않기는 요이치도 마찬가지였다. 녀석은 머리가 좋고 실력이 뛰어난 만큼 자신감이 넘쳤다. 요이치는 그 자신감이 싫었다. 이곳에서는 모두가 자신의 발아래에 고개를 숙인다. 그런데 녀석은 다르다. 녀석의 말투나 몸짓 하나하나가 요이치의 심기를 건드리고 있었다.

사실 요이치의 생각은 제3자가 보는 입장에서는 자격지심에 가까웠다. 그것을 눈치챈 야자와가 괜한 참견을 했다. 지켜보던 타나카가 움찔했다.

'쟤는 왜 또 쓸데없는 소리를 하는 거야? 딱 봐도 분위기 안 좋은데….'

타나카는 그런 생각을 하면서도 분위기 파악을 못하는 야자와 덕분에 자신에게 화가 미치지 않는 걸 다행으로 여겼다. 요이치가 자리에서 벌떡 일어나더니 야자와의 얼굴에 그의 앞발을 꽂아 넣었다.

퍽!

윽!

야자와는 바닥에 나가떨어졌다. 옆에서 그 모습을 지켜보던 타나카가 생각했다. 야자와라는 사내는 참 알다가도 모를 구석이 있었다. 눈치 빠르게 요이치의 생각을 읽었으면서 왜 굳이 눈치 없는 참견으로 매를 버는지 이해할 수가 없었다.

지금의 요이치에게는 선택권이 없었다. 네즈의 존재가 절실했다. 처음 본 순간부터 그를 끌어들이기만을 고대하고 있었다. 이제는 사람이 되는 것까지는 바라지도 않았다. 뇌가 파괴되어 평범한 쥐새끼로 죽어가는 상황만은 막아야 했다.

그걸 막을 인물은 셋뿐이었다. 모리야마 박사. 그는 이미 고장 난 퇴물에 불과했다. 다음은 카즈야였다. 녀석에게 다시 몸을 맡길 일은 절대로 없었다. 차라리 고양이의 품으로 뛰어드는 것을 택할 것이다. 결국 남은 건 네즈밖에 없었다.

켄지는 점점 카즈야가 두려워졌다. 나쁜 예감이 들었다. 그가 보기에 모리야마 박사는 이미 정상이 아니었다. 정신적으로 심각한 병에 걸렸다고 생각했다. 그리고 그것은 자연적인 현상이 아닐지도 모른다는 생각이 커지기 시작했다. 카즈야의 짓일까? 하지만 무엇 때문에….

요즈음 켄지가 하는 일이라고 해봐야 카즈야의 실험이나 수술을 준비하는 것이 전부였다. 게다가 그 수술이란 것도 지금까지 해오던 것과는 전혀 다른 카즈야의 개인적인 것인 듯 보였다. 카즈야가 수술실로 들어오면 준비 상태를 확인하고 켄지는 방으로 돌아가서 휴식을 취한다. 그런 패턴이 반복되었다.

한번은 카즈야 몰래 모리야마 박사의 방에 들어가 보려고 문 앞에 섰다. 자신이 감당하지 못할 상황과 마주하게 될까 봐 두려운 마음에 잠시 고민하고 있는데, 뒤에서 카즈야의 차가운 목소리가 들렸다.

"무슨 일이라도?"

심장이 멎는 것 같았다.

"아니, 그냥…. 옛날 생각이 나서 나도 모르게 멍하게 서 있었어."

"그래? 나는 연구와 관련해서 보고할 게 좀 있는데…. 같이 들어 갈래?"

"아니, 난 괜찮아. 그것보다 수술 준비는 다 마쳤어."

"아, 그래? 고마워."

켄지는 하고 싶은 말이 있었지만 입이 떨어지지 않았다. 그 모습을 지켜보던 카즈야는 답답하다는 듯 말했다.

"뭐하고 있어? 이제 가봐."

"저기, 카즈야."

"왜?"

"아니… 저…."

"뭐야, 바쁘니까 빨리 말해."

"제2수술실, 비어 있잖아."

"그게 왜?"

"괜찮다면 거기서 개인적인 연구를 좀 했으면 하는데…."

"아, 난 또…. 물론이지. 너도 우리 연구소의 일원인데. 하하하."

거슬리는 웃음소리였다. 켄지는 애써 모른 척했다. 다시 연구를 진행해야만 했다. 이대로라면 지금까지의 노력은 물거품이 되어버린다. 모리야마 박사가 저렇게 된 지금, 켄지 자신이 유일한 희망이었다. 요코를 위해서라도 무언가를 해야만 했다.

- 12 -

네즈, 요이치, 야자와, 타나카. 아직 인간의 지능을 잃지 않은 쥐들은 요이치의 방에 모여 있었다.

"뭐? 불가능하다고?"

요이치답지 않은, 여유가 전혀 없는 날카로운 목소리였다.

"현시점에서는 그렇다는 거야."

네즈는 별일 아니라는 듯 대답했다. 야자와는 요이치의 성격을 잘 알고 있었다. 요이치는 지금까지 네즈를 특별대우 하고 있었다. 하지만 인내심이 바닥을 드러내는 것은 시간문제라고 생각했다. 둘 사이에 문제가 생기면 곤란했다. 야자와는 분위기가 험악해지기 전에 미리 끼어들었다.

"이것 봐, 형제. 그게 무슨 소리야? 현시점이니 뭐니 이런 말은 중요하지 않아. 보스는…."

요이치가 야자와의 말을 끊었다. 이미 원래의 목소리로 돌아와 있었다.

"그래, 네즈. 그냥 결론을 말해줘."

"수술 방법은 이미 생각해뒀어."

네즈는 담담하게 말했다.

"그래, 그래."

"다만…."

"다만?"

나머지 셋은 누가 먼저랄 것도 없이 되물었다.

"이론적으론 충분히 가능하다고 생각해. 다만 이번이 첫 수술이기 때문에 장담할 수는 없어."

"그거야… 어쩔 수 없겠지…."

요이치는 그렇게 말끝을 흐렸다. 불안감을 감추기 힘들었다.

"더 큰 문제가 있어."

"뭐? 또 문제가 남아 있어?"

"나 혼자서는 수술을 진행할 수가 없다는 거야. 나를 도와줄 인간이 필요해."

"쥐로는 안 되는 건가?"

"가능할 리가 없잖아."

"그래… 그럼 못한다는 거야?"

요이치의 인내심이 바닥에 가까워지고 있었다.

"아니, 방법이 아주 없는 건 아니야."

"그래, 그래. 그게 뭔데? 대체 뭔데, 네즈?"

"켄지야. 켄지를 만나야겠어."

"켄지? 아, 그 멍청… 아니, 착하게 생긴 네 친구?"

"그러기 위해선 지난번처럼…."

"그게 무슨 문제야? 다녀와. 다녀와. 몇 번이라도 괜찮아."

"그렇게 간단한 문제가 아니잖아."

"아니, 간단해. 아주 간단한 문제야, 네즈. 여기엔 너를 위한 수많은 전사들이 있어."

요이치는 언제라도 나머지 쥐들을 희생시킬 마음의 준비가 되어 있는 것 같았다. 네즈는 그런 점이 못마땅했다. 불쌍한 쥐들은 요이치에 의해 다시 한 번 모르모트가 될 운명에 처해 있었다.

"문제없어. 지난번에도 느꼈겠지만 요즘 들어서 경비가 엄청 허술해."

야자와가 거들었다.

"지난번엔 운이 좋았다고 해도 어떻게 늘 그럴 수가 있는 거지?"

네즈가 의아한 듯 물었다. 야자와는 아까부터 대화에 끼고 싶었는지 할 말이 많아 보였다. 조금 앞으로 나오더니 최근 연구소의 상황을 읊어대기 시작했다.

"뭐 자세한 건 나도 알 수 없어. 내가 보기에 모리야마 박사는 거의 틀린 것 같고…. 켄지라는 친구 역시…. 무슨 생각을 하는지는 모르겠지만 요즈음 들어 그리 상태가 좋은 것 같지는 않아. 현재는 카즈야가 실질적인 주인이자 유일한 정상인이라고 할 수 있지. 그런데 그 카즈야가 뭔가에 푹 빠져 아무것도 신경을 쓰지 않고 있어. 그게 뭔지는 이제부터…."

이야기가 길어지자 요이치가 잘라버렸다.

"그 정도면 충분해, 야자와. 그리고 네즈, 모든 지원을 아끼지 않을 테니 걱정 말고 다녀와. 언제든지 준비해둘게."

"음…."

네즈는 자신도 모르는 사이에 신음 소리를 내뱉고 있었다. 최대한 빨리 준비해보겠다는 네즈의 말을 마지막으로 그들의 대화는 마무리되었다. 잠입, 수술, 탈출. 네즈는 혼자서 계획을 정리해보았다.

켄지마저 당해버린다면 끝장이었다. 가능한 한 빨리 움직여야만 했다. 일단 켄지에게 자신의 존재를 알려야 했다. 네즈 자신이 받은 것 이상의 충격을 받을 터였다. 그 많은 일을 켄지가 받아들일 수 있을지 걱정이었다. 문제는 그것으로 끝이 아니었다. 결코 간단한 수술이 아니다. 수술이 끝날 때까지 카즈야의 발목을 잡아둘 무언가가 필요했다.

- 13 -

켄지는 방에 틀어박혀 있었다. 혼자서 다시 연구를 시작했지만 전혀 진도가 나가지 않는다. 얼마 전까지만 해도 모리야마 박사의 말에 우쭐해져 있던 자신의 모습이 떠올랐다. 부끄러웠다. 자기 자신에게도, 요코에게도. 고개를 들 수가 없었다. 어딘가 도망칠 곳을 찾고 싶었다. 그때 누가 자신을 부르는 것 같은 기분이 들었다.

'여기로 와.'

소리가 들린 쪽을 바라보았다. 그곳에는 아무도 없었다. 무언가를 떨쳐내려는 듯 눈을 감고 고개를 좌우로 흔들었다. 문득 카즈야의 얼굴이 떠올랐다. 언제부터였을까, 카즈야와의 관계가 이렇게 변한 것은. 요즘 들어 카즈야는 안하무인이었다. 그런데….

'요즘 들어서가 아닌 것 같은데….'

조금 전의 목소리였다. 켄지는 눈을 감았다. 가만히 생각해보니 처음부터 그랬던 것 같기도 했다. 뭐가 뭔지 알 수가 없었다. 모르겠다. 이제 아무래도 상관없다. 그렇게 생각했다. 그리고 혼자 중얼거렸다.

"그래, 변한 것은 없어…. 처음부터 그랬었던 거야."

켄지의 방으로 통하는 환풍구. 네즈와 야자와는 상황을 지켜보고 있었다. 야자와의 말 그대로였다. 확실히 켄지의 상태가 이상했다. 방 안에는 켄지 혼자였다. 감정의 기복을 보이는 것은 물론, 보이지 않는 누군가와 대화를 하듯 중얼거리기도 했다. 네즈가 생각했던 것 이상으로 심각한 상태로 보였다.

한 가지 다행스러운 점이 있다면 아직까지도 경계가 허술한 그대로라는 점이었다. 하지만 항상 만약의 상황이라는 것이 있게 마련이었다. 게다가 이번 일은 아직 지성을 잃기 전의 모르모트에게는 더없이 중요했다. 모르모트들은 야자와의 지시에 따라 중요 포인트로 흩어졌다. 문제가 있으면 바로 보고가 들어올 수 있도록 준비를 해두었다.

켄지는 침대에 누워 있었다. 허공을 응시하며 중얼거렸다. 가상의 상대와 대화를 하고 있는 것 같았다. 네즈는 야자와가 있는 쪽을 쳐다보았다. 당장 내려가고 싶었다. 그의 마음을 알아챈 야자와가 조용히 고개를 저었다. 그사이에도 각 요소에 배치된 쥐들과 분주하게 신호를 주고받고 있었다. 잠시 후 야자와의 오케이 사인이 떨어졌다.

네즈는 조심스럽게 방 안으로 들어갔다. 환풍구를 지나 벽을 타고 켄지의 침대로 다가갔다. 책상을 지날 때였다. 환하게 웃고 있는 요코의 얼굴에 그의 움직임이 멈추었다.

지난번에는 그녀를 알아보지 못했다. 하지만 지금은 달랐다. 그녀의 미소에 마음이 요동쳤다. 가슴이 타는 듯 극심한 통증이 올라왔다. 사이렌이 울리던 밤, 뒤집혀 있던 앨범은 그 당시 그대로였다. 조심스럽게 앨범을 들어올렸다. 타츠야, 요코, 켄지. 세 사람이 사이좋게 어깨동무를 하고 있었다. 네즈는 잠시 눈을 감았다.

야자와는 야자와대로 분주한 모습이었다. 혹시라도 문제가 생기지는 않을까 잔뜩 긴장하고 있었다. 계속해서 신호를 확인했다. 이런 일에는 상당히 익숙한 모습이었다. 잠시 환풍구 아래쪽의 동태를 살폈다. 네즈가 사진 앞에서 꼼짝도 하지 않고 있었다.

아무리 안전한 상황이라고는 하나 시간을 끄는 것은 위험했다. 어떤 변화가 생길지 누가 알겠는가. 위험을 자초할 이유는 없었다. 야자와는 환풍구를 살짝 쳤다. 네즈는 탁탁하는 소리에 정신을 차렸다. 야자와에게 미안하다는 발짓을 하고는 켄지 쪽으로 발길을 돌렸다.

네즈는 다시 켄지에게 접근했다. 켄지는 네즈가 바로 곁에 왔는데도 눈치채지 못했다. 켄지의 어깨에 올라탔다.

톡톡!

그의 어깨를 두드렸다. 켄지는 천천히 고개를 돌렸다. 그런데 네즈를 보고도 별다른 반응이 없었다. 네즈는 당황했다. 서로의 눈이 마주치고 켄지의 눈이 천천히 깜빡였다. 그러더니 갑자기 정신을 차린 듯 눈을 크게 떴다. 켄지는 깜짝 놀라 침대에서 일어났다.

"네즈!"

네즈가 멋쩍게 웃으며 머리를 긁적였다.

"안녕, 켄지. 오랜만이야."

전해야 할 이야기가 많았다. 다만 켄지의 상태를 보고 나니 어디서부터 이야기를 하는 것이 좋을지 고민이었다. 최대한 충격을 줄여야 했다. 예상보다 시간이 길어질 수밖에 없었다. 순식간에 한 시간이 지났다. 요코에 대한 이야기는 결국 하지 못했다.

"30분이면 충분하다더니…."

위에서 망을 보던 야자와가 중얼거렸다. 그의 몸은 땀으로 흠뻑 젖어 있었다. 이렇게 긴 시간 동안 한 장소에서 대기한다는 것은 거의 자살 행위에 가까웠다. 어디선가 지난번의 소름끼치는 울음소리가 들려왔다. 무슨 일이 벌어지고 있는 것일까. 앞으로 네 번의 수술이 필요했다.

"이런 짓을 네 번이나 더 해야 한단 말이야? 젠장, 털이 다 빠져버릴 것 같군. 타나카처럼 되기는 싫은데…."

- 14 -

마음이 여린 켄지에게는 너무나도 충격적인 이야기였다. 네즈를 통해 알게 된 진실은 켄지가 받아들일 수 있는 수준을 훨씬 뛰어넘는 것이었다. 가장 먼저 네즈가 타츠야라는 사실부터 받아들이기 힘들었다. 자신이 알던 인간 타츠야는 더 이상 이 세상에 존재하지 않았다.

켄지의 입장에서는 그야말로 기가 막힐 노릇이었다. 요코의 아버지 모리야마 박사는 자신에게도 아버지와 같은 존재였다. 그런 그가 말도 안 되는 거짓말로 자신을 속인 것이었다. 그 결과, 둘도 없는 친구 타츠야는 졸지에 배신자가 되었고, 증오의 대상이 되었다.

냉정하게 생각해보면 모든 문제는 카즈야로부터 시작되었다. 그리고 그의 뒤에는 이 프로젝트를 계획한 T라는 존재가 있었다. 하지만 이제 와서 모든 사실을 안다고 한들 바뀌는 것은 하나도 없었다. 모리야마 박사는 이미 돌이킬 수 없는 상태였다. 켄지는 혼자였다. 그는 누구보다 잘 알고 있었다. 혼자서 카즈야에게 대적한다는 것은 무모한 일이었다.

켄지의 성격을 잘 알고 있는 네즈가 입을 열었다.

"켄지, 받아들이기 힘들다는 건 잘 알고 있어. 하지만 그게 현실이야. 너도 연구소의 상황을 보면 곧 진실을 깨닫게 될 거야. 어쩌면 이미 답을 알고 있을지도 모르지. 다만 너의 마음이 받아들이기 힘든 것일 뿐…."

잠시 생각하던 켄지가 답했다.

"아니, 네즈가 타츠야란 건 믿을 수 있어. 그렇지 않다면 애초에 타츠야라는 인물에 대해 이렇게까지 자세히 알고 있다는 것 자체가 말이 안 되는 거겠지. 그래, 네 말대로야. 머리로는 알겠는데… 전부 알겠는데… 내 마음이 받아들이지 못할 것 같아. 어떻게 이런 일이…."

켄지는 머리를 감싸 안더니 바닥에 주저앉았다. 네즈의 예상대로였다.

“잘 들어, 켄지. 절대 포기하면 안 돼. 내가 아무 계획도 없이 너를 찾아왔다고 생각하는 건 아니겠지?”

켄지는 고개를 들고 네즈를 바라보았다. 순간 네즈의 모습에서 타츠야를 보았다. 항상 그의 곁에 있었고 언제나 그를 일으켜주던 친구가 바로 그곳에 있었다. 그의 존재가 켄지의 마음을 어루만졌다. 켄지는 잠시나마 마음이 평온해지는 것을 느꼈다.

네즈는 앞으로의 계획을 설명했다. 켄지 없이는 성립할 수 없는 계획이었다. 우선 켄지가 상황을 봐가면서 필요한 도구를 준비해야 했다. 결행일, 시간, 장소는 네즈 쪽의 준비가 끝나면 연락을 담당하는 쥐가 방문할 예정이었다. 그때까지 가능한 한 컨디션을 끌어올려야 했다.

켄지는 지금 정신적으로 매우 불안정한 상태였다. 그가 보인 이상행동 그리고 반쯤 풀린 상태의 충혈된 눈. 카즈야라면 지금의 켄지를 제거하는 일은 식은 죽 먹기일 것이다.

네즈는 몇 가지 당부를 했다.

“우선 신경안정제부터 복용하도록 해. 그리고 모든 일은 카즈야가 눈치채지 못하도록 하는 것이 최우선이야. 마지막으로 절대 포기해서는 안 돼.”

“응.”

네즈는 다시 한 번 강조했다.

“켄지, 곧 돌아올게. 그때까지 절대로 쓰러지면 안 돼.”

“그래, 타츠야.”

그 이름을 들은 네즈는 그리운 무언가를 느꼈다. 하지만 감상에 젖어 있을 여유가 없었다. 가볍게 손을 흔들고 환풍구를 향해 달렸다. 위에서 기다리던 야자와가 모두에게 철수 신호를 보냈다.

그들은 재빨리 아지트를 향해 달리기 시작했다. 카즈야는 여전히 무언가에 정신이 팔려 있는지 연구소는 쥐죽은 듯 조용했다. 덕분에 큰 문제 없이 돌아갈 수 있을 것 같았다. 창고 근처에 도착했을 때였다. 기분 나쁜 울음소리가 다시 진동하기 시작했다. 고통으로 일그러진 소리라는 것을 알 수 있었다. 일렬로 무리 지어 달리던 쥐들이 동요하기 시작했다. 반응은 제각각이었다. 제자리에 멈춰서 떨고 있는 쥐, 무리를 이탈하여 어디론가 도망가는 쥐. 새로운 세대라고는 해도 어느 정도 훈련을 거친 쥐들이었다. 야자와가 소리쳤다.

“다들 정신 차려! 출구가 바로 앞이다. 무리를 이탈하지 마라.”

대부분의 쥐는 야자와의 고함에 정신을 차렸고, 무리를 재정비했다. 한 마리가 보이지 않았다. 경험이 부족한 어린 쥐였다. 그리 멀지 않은 거리에서 비명 소리가 들렸다. 야자와는 네즈에게 무리를 부탁하고 소리가 들린 쪽으로 달렸다.

야자와의 움직임이 멈추었다. 눈앞에는 끔찍한 광경이 펼쳐져 있었다. 쥐덫이었다. 누름판을 밟으면 스프링에 의해 강력한 쇠 프레임이 떨어지는 구조로, 제대로 맞으면 즉사였다. 프레임의 아래쪽에는 어린 쥐의 다리가 끼여 있었다. 녀석은 고통으로 몸부림치고 있었지만 쥐들의 힘으로 스프링을 움직이는 것은 불가능한 일이었다.

남아 있던 쥐들이 무사히 아지트의 입구를 통과하는 것을 지켜본 네즈는 왔던 길을 되돌아갔다. 야자와를 찾은 네즈는 눈살을 찌푸렸다. 그의 앞에는 쥐덫에 걸려 죽어가는 어린 쥐가 보였다. 그대로 두면 고통 속에 몸부림치다 비참하게 죽음을 맞이할 수밖에 없었다. 야자와는 침통한 표정으로 말했다.

"가자, 네즈. 방법이 없어."

네즈는 잠시 생각하더니 야자와를 제지했다.

"잠깐, 기다려봐."

네즈는 어디론가 달려가더니 얼마 지나지 않아 작은 상자를 들고 돌아왔다. 야자와는 의미를 알 수 없었다. 그러자 네즈가 말했다.

"내 방에 잠시 다녀왔어. 아직은 떠나기 전 그대로더군. 내가 전용으로 사용하던 도구와 의료 용품을 좀 가지고 왔어."

"그런 게 있어?"

네즈는 상자를 열었다. 최대한 네즈의 몸에 맞춘 것으로 보이는 용품들이 보였다. 바로 수술을 준비했다.

"대단해."

야자와는 네즈의 몸에서 빛나는 희망을 보았다. 어린 쥐는 여전히 고통 속에 신음하고 있었다. 이리저리 뒤척이는 사이에 뼈가 고스란히 드러났다. 네즈는 앙증맞은 주사기를 꺼냈다. 마취약을 주사하고 어린 쥐의 머리를 쓰다듬었다. 고통스러워하던 쥐는 어느새 깊이 잠이 들어 축 늘어졌다.

네즈는 메스를 높이 들더니 프레임에 끼여 있는 다리를 향해 있는 힘껏 내리쳤다. 다리가 떨어져나가고 피가 솟구쳤다. 소독약을 바르고 붕대를 감았다. 숙련된 움직임이었다. 항생제를 주사하고는 자리에 털썩 주저앉았다. 이후에는 어린 쥐의 회복력과 정신력에 기대는 수밖에 없었다.

야자와의 눈빛은 놀람에서 존경으로 바뀌어 있었다.

"뭐해? 번갈아 업고 가자. 야자와, 네가 먼저야."

네즈와 야자와는 상처 입은 쥐를 번갈아 업었다. 아지트로 돌아가는 길은 평소보다 훨씬 고된 길이었지만 그들은 가벼운 마음으로 이동했다. 야자와는 네즈를 우러러보게 되었고, 네즈 역시 야자와를 다시 보게 되었다. 위험한 일이 생기면 가장 먼저 도망갈 것처럼 보였지만 위험을 무릅쓰고 어린 쥐를 구하러 달려갔다. 둘은 그렇게 서로를 인성하게 되었다.

네즈는 많은 대화 속에서 야자와의 과거를 들을 수 있었다. 야자와는 바닷가 출신으로 구멍가게를 운영하는 할아버지와 할머니의 손에 자랐다. 고등학교 시절 이른바 질 나쁜 무리들과 어울리게 되면서 그의 삶은 어긋나기 시작했다.

그저 우두머리의 심부름꾼 정도에 불과했지만 문제아라는 낙인이 찍히기에는 부족함이 없었다. 그러던 어느 날 그들 무리에게 따돌림을 당하던 학생이 자살하는 사건이 발생했는데, 자살한 학생은 그 흔한 유서조차 남기지 않았다.

결국 학생들의 증언에 의존한 수사가 진행되었고, 괴롭힘에 가담한 적도 없는 야자와는 자신도 모르는 사이에 주동자가 되어 있었다. 소년원에서 2년의 시간이 흐른 뒤 집으로 돌아오니 할아버지와 할머니는 보이지 않았다. 가게의 이름도 주인도 바뀐 상태였다. 가게의 주인은 할아버지의 먼 친척이었다. 그는 한 통의 편지를 건넸다.

편지를 읽는 동안 할아버지의 고충이 고스란히 느껴졌다. 대부분의 돈을 위자료로 소진한 할아버지와 할머니는 가게를 정리했다. 게다가 사람들의 손가락질 때문에 결국 정든 고향을 떠나기로 마음먹었다. 자신들을 위한 선택이 아니었다. 다시 돌아온 야자와가 마음의 상처를 안고 살아가게 될 것이 두려워서였다. 편지의 마지막에는 이사한 곳의 주소가 적혀 있었다. 다시 만날 날을 기다리고 있다는 뜻이리라.

야자와는 뜨거운 눈물을 흘렸다. 야자와를 위해 모든 것을 버린 그들의 사랑과 희생을 생각하니, 도저히 얼굴을 마주할 용기가 나지 않았다. 야자와는 큰 성공을 거두기 전까진 그들을 찾지 않겠노라고 다짐했지만 현실은 녹록지 않았다.

그를 받아줄 곳은 흔치 않았다. 그러다 고등학교 시절 그를 팔아넘겼던 녀석을 다시 만나게 되었다. 야자와는 야쿠자가 된 녀석에게 일거리를 받아 생활을 유지했다. 성공해서 할아버지와 할머니를 만나기는커녕 수금도 제대로 하지 못해 욕을 먹는 날만 늘고 있었다.

그러다 실수로 보스의 여자를 건드리게 되었고, 두 손이 발이 되도록 빌었지만 소용이 없었다. 누군가와 통화하는 보스의 목소리가 들렸다.

“그래? 그런 곳까지 손을 대고 있어? 음… 여기 딱 맞는 녀석이 있긴 한데…. 알았어, 그리로 보낼게.”

그런 다음 어디론가 끌려가서는 숨만 겨우 붙어 있을 정도로 두들겨 맞았다. 정신이 들었을 때는 쥐가 되어 있었다.

어쩌다 보니 야쿠자가 되어 있었을 뿐, 처음부터 맞지 않는 옷이었다. 어차피 언젠가는 총알받이 신세를 면치 못할 것이라면 차라리 잘된 일인지도 몰랐다.

단지 후회되는 것은 결국 할아버지와 할머니를 만나러 가지 못했다는 사실이었다. 땀 흘려 일해 번 돈으로 내복 한 벌 사드리지 못했다. 아직도 그들은 기다리고 있을 터였다. 이제 다시는 돌아올 수 없는 사랑스러운 손자를….

야자와는 할아버지의 따뜻한 웃음과 주름진 손의 감촉을 기억했다. 할머니의 품속에서 느끼던 따스한 온기와 자장가 소리를 기억했다. 그들의 사랑을 온몸과 온 마음으로 기억하고 있었다.

"네즈, 너만 믿는다. 난 반드시 돌아가야 해. 나를 기다리는 사람들이 있는 곳으로. 그저 단 한 번만이라도 다시 볼 수 있다면…. 할아버지와 할머니가 건강하게 살아 있는 모습을 볼 수만 있다면…. 그것으로 충분해."

네즈는 야자와에게 약속했다.

"만날 수 있을 거야. 반드시."

어느새 아지트가 그들의 시야로 들어오고 있었다.

- 15 -

요이치는 고민했다. 짐승의 울음소리에 대한 보고를 받고, 다리가 잘린 채로 돌아온 어린 쥐까지 보았다. 하지만 그를 고민에 빠지게 만든 것은 그런 것이 아니었다. 그의 머릿속은 온통 수술에 대한 것으로 가득했다.

수술의 안정성을 생각한다면 타나카와 야자와가 수술을 받은 다음, 마지막이 요이치의 차례였다. 하지만 언제 어디에서 무슨 일이 일어날지 몰랐다. 모든 상황이 불안정했다. 켄지라는 녀석이 제대로 수술을 해낼 수 있을지부터가 걱정이었다. 게다가 카즈야에게 들키지 않고 수술을 마쳐야 했다. 과연 몇 번이나 그런 것이 가능할까. 그러던 도중에 네즈에게 무슨 일이 생기기라도 한다면….

변수가 너무 많았다. 카즈야, 켄지, 네즈. 하나라도 어긋나면 끝장이었다.

그냥 네즈를 믿고 가장 먼저 수술을 받는 편이 좋을지도 모른다. 네즈는 그 분야의 천재니까. 그 모리야마 박사조차도 찾아내지 못한 영역을 보았다.

"그래! 결정했어! 내가 1번이다!"

자신 있게 외쳤다. 하지만 다시 곰곰이 생각해보니 실험용 쥐로 돌아간 기분이 들었다. 모리야마 박사가 처음 수술을 시작했을 때를 생각해보았다. 처음은 실패의 연속이었다. 그런 실패가 반복되다가 69번째에 이르러서야 첫 성공작이 나왔다. 테스트니 뭐니 하면서 버려진 쥐들을 합하면 그 수는 기하급수적으로 늘었다.

물론 카즈야의 보이지 않는 방해 때문에 더 많은 실패가 있었던 것인지도 모른다. 하지만 많은 노력과 시간 또 그만큼의 재료가 투입된 것만은 분명했다. 수술이 진행되면 될수록 완성도가 높아지는 것은 당연한 일이 아니겠는가. 요이치는 안절부절못했다. 엄지발가락을 입에 물고는 벌써 몇 시간째 방 안을 이리저리 왔다 갔다 하기를 반복했다.

상처 입은 쥐를 보러 간 네즈가 돌아오고 있었다.

"아, 네즈. 어서 들어와. 빨리 빨리…."

네즈와 야자와가 요이치의 방으로 들어왔다. 어떻게 냄새를 맡았는지 타나카도 함께였다. 오늘의 작전은 대체적으로 만족스러웠다. 보고받은 내용대로라면 수술 진행에도 큰 무리가 없어 보였다.

'그래, 역시 안전이 제일이야. 내가 마지막이다.'

그런 결정을 내린 순간, 네즈의 입에서 나온 말은 충격이었다. 요이치의 뇌가 다시 급회전하기 시작했다. 넷의 수술이 모두 성공하든 말든 그런 건 요이치의 관심사가 아니었다. 수술은 단 한 번만 성공할 수 있다면 그것으로 족했다. 물론 그 단 한 번은 요이치의 수술이어야만 했다. 그런 마당에 이 녀석이 대체 무슨 생각으로 이런 소릴 지껄이는 건지 이해할 수가 없었다.

요이치가 네즈의 앞으로 다가갔다. 네즈의 얼굴에 자신의 얼굴을 갖다 대고 그 주변을 한 바퀴 돌면서 쳐다보았다. 네즈는 미동도 하지 않고 무표정으로 일관했다. 야자와와 타나카는 무슨 일이 일어날까 봐 안절부절못하면서도 쉽사리 끼어들지는 못했다. 요이치가 움직임을 멈추고 한숨을 내쉬었다.

"이봐, 네즈…. 이건 너무… 너무… 이루 말할 수 없이 중요한 문제야. 수술 준비만이라면 몰라도 모든 실험용 쥐를 해방하고 이곳을 떠나자니….”

네즈가 별다른 반응을 보이지 않자 요이치는 그를 달래듯이 사정했다.

“그래, 물론 여기가 지긋지긋할 거야. 수술이 끝나면 그야말로 우리는 자유의 몸이잖아. 여기를 떠나든 말든 그건 내가 관여할 바가 아니야. 각자 생각대로 하는 거야. 하지만 일을 너무 크게 만드는 것은 곤란해.”

이후에도 요이치와 네즈는 서로의 주장을 굽히지 않았다. 결국 결론을 내리지 못한 상태로 해산했다. 이곳에서 요이치의 말은 법과도 같았다. 그가 누군가와 말다툼을 하는 모습은 좀처럼 구경하기 힘든 풍경이었다. 야자와와 타나카는 감히 상상조차 해본 적이 없었다.

“네즈! 다시 봤어. 역시 내가 목숨을 걸고 구해올 정도의 가치가 있는 남자야.”

야자와는 네즈를 칭찬하는 동시에 자신의 공을 은근히 어필했다. 네즈는 말없이 웃었다.

“이용 가치가 있으니 마음대로 못하는 거지.”

타나카가 당연하다는 듯 거들었다.

“어이, 어이, 영감. 당신도 하루 종일 놀란 토끼 눈으로 마음 졸이면서 지켜본 주제에 다 알고 있었다는 듯이 말하지 마.”

야자와에게 한소리를 들은 타나카의 입이 쏙 들어갔다.

야자와는 씁쓸한 표정으로 중얼거렸다.

“이용 가치라…. 역시 능력이 있고 봐야 해. 머리가 됐든, 주먹이 됐든….”

네즈는 환풍구에서의 사고를 떠올렸다. 끔찍했다. 고통으로 몸부림치는 어린 쥐. 이곳의 모르모트는 인간의 뇌를 가지고 있었다. 기억을 잃었다고 해서 그 사실이 바뀌지는 않는다. 다음 세대의 쥐는 그들의 자식이었다. 생물학적으로 쥐에 가깝다고는 하지만….

네즈 자신도 자기가 무엇을 원하는지 확실히 알 수 없었다. 자신의 뇌를 온전한 인간의 뇌라고 할 수 있을까. 만약 그렇지 않다면 자신의 뇌에서 쥐가 차지하는 영역은 어디까지일까. 아무튼 인간 타츠야가 쥐를 바라보던 관점과 지금의 네즈가 쥐를 바라보는 관점이 다르다는 것만은 확실했다.

- 16 -

결국 불안함을 이기지 못한 요이치가 먼저 두 발을 들었다. 마음에 들지 않았지만 칼을 쥔 쪽은 네즈였다. 대신 요이치가 가장 먼저 수술을 받는다는 조건이었다. 요이치, 야자와, 타나카, 네즈의 순으로 수술을 받은 다음, 모르모트 해방 작전을 거행하기로 했다.

수술은 네즈에게, 안전은 야자와에게 일임하고 하루에 최소 두 번씩 진행 상황을 보고하도록 지시했다. 타나카는 표면적으로는 손이 부족한 쪽의 일을 돕기로 되어 있었다. 하지만 그와 동시에 둘의 동태를 파악하고 요이치에게 보고하는 임무도 맡고 있었다.

켄지는 연구소에서 네즈가 말한 준비를 진행하고 있었다. 별다른 차질은 없었다. 다만 한동안 모리야마 박사를 만나지 못한 것이 마음에 걸렸다. 카즈야는 켄지를 얕잡아보고 있었다. 완전히 자신의 손안에 있다고 생각했기 때문에 신경도 쓰지 않았다. 기분이 나쁜 것이 정상이겠지만 지금 상황에서는 고맙게 느껴졌다.

원래 카즈야는 눈치가 빠르고 용의주도한 인물이었다. 하지만 최근의 그에게서는 그런 모습이 보이지 않았다. 그는 승리감에 도취되어 있었다. 사람들은 그가 계획한 시나리오에 맞춰 춤췄다. 또 거기에 맞춰 울고 웃었다. 심지어 삶과 죽음까지도 그의 손안에 있었다.

카즈야는 아직 깨닫지 못하고 있었다. 그의 손으로 움켜쥐고 있던 존재들이 서서히 그의 손을 벗어나려 하고 있다는 사실을.

그렇게 준비는 순조롭게 진행되었다. 드디어 수술 날이다. 네즈는 수술을 기다리며 얌전하게 누워 있는 요이치의 옆에 서 있었다. 환풍구 너머로 경계를 서고 있는 타나카의 모습이 보인다. 야자와를 대신해서 타나카가 경계를 선다는 점이 못 미더웠는지 이전의 두 배나 되는 쥐들을 투입했다. 웬일인지 야자와의 모습이 보이지 않았다. 이제 켄지가 도착하면 수술이 시작된다.

야자와는 미칠 것 같았다. 켄지의 바보짓이 또 시작되었다. 최근에는 어느 정도 회복했다고 생각했는데, 갑자기 멍하니 있다가 고개를 절레절레 흔드는 것이었다. 약간 몽롱한 상태인 듯했다. 눈은 뜨고 있는데 꿈을 꾸고 있는 것 같은 모습이었다. 켄지는 생각했다.

'오늘 뭔가 중요한 약속이 있었던 것 같은데…. 아니었던 것 같기도 하고….'

쨍그랑!

켄지는 무언가가 깨지는 소리에 눈을 떴다. 주위를 둘러보니 요코의 앨범이 떨어져 있었다. 주변에는 유리 파편이 흩어져 있었다.

"요코다! 요코가 나를 깨웠어!"

자기도 모르게 소리를 질렀다. 하지만 곧바로 착각이라는 사실을 깨달았다. 책상 위에서 쥐 한 마리가 삿대질을 하며 욕설을 퍼붓고 있었다. 야자와였다.

"이런 바보 머저리 놈아. 네가 거기서 해롱거리고 있을 때냐고! 이 긴장감 없는 대머리 같으니라고!"

켄지는 얼굴이 뜨거워지는 것을 느꼈다.

"미안."

'켄지가 늦는걸….'

네즈는 걱정이 되기 시작했다. 시간을 끄는 것은 언제나 위험했다. 고개를 들어 환풍구 쪽을 보았다. 발을 동동 구르고 있기는 타나카도 마찬가지인 것 같았다.

요이치의 얼굴에도 초초함이 묻어났다. 그때였다. 타나카로부터 신호가 들어왔다. 네즈는 요이치의 얼굴을 보았다. 요이치는 고개를 끄덕였다. 마취를 시작했다. 잠시 후 발자국 소리가 들리더니 켄지가 들어왔다. 네즈와 켄지는 미소로 인사를 대신했다. 잡담을 나눌 여유 따윈 없었다.

수술의 진행에 대해서는 이미 수차례 전령을 통해 알려주었다. 켄지의 머릿속에는 어느 정도의 개념이 잡혀 있었다. 네즈는 꼭 필요한 부분만 코치해주었다. 쏟아지는 땀이 켄지의 얼굴과 목을 뒤덮었다. 네즈도 긴장이 되기는 마찬가지였다. 털이 다 젖어서 비 맞은 생쥐 꼴이었다.

시간이 너무 지체되었다. 도착 자체가 늦었다. 게다가 신경안정제의 약효가 떨어지고 있는지 중간 중간 손을 떠는 모습도 보였다. 첫 수술이었기 때문에 긴장감도 적지 않을 것이다. 엉뚱한 곳을 찌르는 것은 아닌지 조마조마했다. 네즈는 불안감을 해소하려고 격려의 말을 건넸다. 그때였다. 위쪽에서 신호가 왔다. 역시 우려했던 대로였다.

카즈야는 평소와 같은 시간에 수술실에 도착했다. 수술 준비는 깔끔하게 완료되어 있었다. 다만 켄지의 모습이 보이지 않았다.

'이상한데? 내가 준비 상태를 확인하기도 전에 멋대로 사라지다니….'

카즈야는 개의치 않고 수술을 진행하려다가 멈칫했다. 아무리 생각해도 뭔가 이상했다. 기분 탓이겠지만 자신이 알던 연구소의 모습이 아닌 것처럼 느껴졌다. 언제부터였을까? 자신만의 연구에 너무 심취해 있었던 탓에 느끼지 못했던 것일지도 모른다.

모든 일이 자신의 손바닥 안에 있다고 생각하고 있었다. 그것이 안일한 생각이었다는 것을 이제야 깨달았다. 카즈야가 수술실을 나서는 것과 동시에 환풍구에서 망을 보던 쥐가 다음 쥐에게 신호를 보냈다.

비상사태! 비상사태!

카즈야는 제2수술실의 문을 열었다. 역시 아무도 없었다.

"빌어먹을! 켄지 자식!"

그때였다. 밖에서 찍찍거리는 소리와 함께 무언가 움직이는 소리가 들렸다. 카즈야는 제2수술실을 뛰쳐나갔다. 복도를 보니 쥐 한 마리가 환풍구를 향해 달리고 있었다. 카즈야도 쥐를 따라 달렸지만 따라잡지는 못했다.

'이 쥐새끼가….'

카즈야는 곰곰이 생각했다.

'아, 그런 건가.'

카즈야는 갑자기 걸음을 멈추고 소리를 질렀다.

"요이치? 아니면 타츠야냐? 좋게 말할 때 내려오는 게 서로를 위한 거라고 생각하지 않아?"

대답이 없었다.

"피차 괜한 시간 낭비는 하지 말자고…."

마찬가지로 조용했다.

"할 말이 있으면 내려와. 한번 들어나 보자."

그렇게 말하면서 조용히 환풍구로 다가갔다. 갑자기 환풍구 덮개를 들어 올리는 것과 동시에 높이 점프했다. 얼굴을 환풍구 안에 집어넣고 안쪽을 살피려 하는 순간, 바로 앞에서 기다리고 있던 하얀 물체가 몸을 날려 카즈야의 얼굴을 공격했다. 쿵하는 소리와 함께 카즈야는 바닥으로 떨어졌다. 허리에 격렬한 통증이 전해졌다. 카즈야의 얼굴이 고통으로 일그러졌다. 양손으로 바닥을 짚고 겨우 상체를 일으켰다.

카즈야는 심호흡을 한 번 하더니 안쪽 주머니에서 리모컨을 꺼냈다. 고개는 들지 않았지만 그의 표정이 그려지는 듯했다. 버튼을 누르자 여기저기서 순찰 로봇들이 기어 나왔다. 카즈야를 공격한 하얀 물체는 재빨리 그곳에서 벗어났다.

순찰 로봇이 활발하게 움직이기 시작했다. 카즈야는 천천히 고개를 들었다. 그의 눈이 분노로 이글거리고 있었다.

"용서는 바라지 않는 게 좋을 거다. 쥐새끼들!"

- 17 -

위기의 순간이 있었지만 첫 번째 수술은 무사히 마무리되었다. 네즈와 켄지는 마주 보고 미소를 지었다. 대학에서 같은 조로 첫 실험을 마쳤을 때가 떠올랐다. 요이치가 깨어날 때까지 무작정 기다릴 수는 없었다. 미리 준비한 운반조를 불러 그의 몸을 조심스럽게 이동시켰다.

"자, 그럼 이곳을 깔끔하게 정리해두자. 혹시 모르니까 아무도 오지 않았던 것처럼 해둬야지."

그렇게 말한 켄지가 막 정리를 시작했을 때였다. 위쪽에서 신호가 왔다.

네즈는 다급한 목소리로 외쳤다.

"켄지! 큰일이야!"

켄지는 놀란 눈으로 네즈를 바라보았다.

"카즈야가 눈치를 챈 것 같아. 대충 쓸어 담고 올라가. 야자와가 유인하고 있는 모양인데, 오래 버티진 못할 거야. 시간이 없어. 빨리 가!"

켄지는 눈앞에 보이는 물건들을 정신없이 주머니에 쑤셔 넣고는 계단을 향해 냅다 달렸다. 모리야마 박사의 방을 빠져나가자 환풍구로 달려가는 카즈야의 뒷모습이 보였다. 켄지는 숨이 멎을 것 같았지만 눈을 감고 그냥 달렸다. 최대한 빠르게 그리고 조용히 자신의 방을 향해 달렸다.

입구에 도착할 즈음 쿵하고 무언가가 바닥에 떨어지는 소리가 들렸다. 켄지는 뒤도 돌아보지 않고 잽싸게 방 안으로 들어갔다. 밖은 상당히 어수선한 느낌이었다. 주머니에 넣어 온 것을 적당히 처리하고 밖으로 나가야 한다는 생각뿐이었다.

네즈는 환풍구를 통해 켄지의 모습을 좇고 있었다. 최악의 경우 자신이 내려가서 켄지를 도와야 한다고 생각했다. 다행히 켄지가 방 안으로 들어가는 모습이 보였다. 이제는 자신의 차례였다.

그런데 그때 문제가 발생했다. 각 지점 간의 신호가 끊겨버린 것이었다. 어느 지점에서 시작되었는지는 알 수 없었지만 어느 한 곳에서 발생한 일이 아닌 것 같았다. 야자와가 달려오는 것이 보였다.

'이젠 살았구나.'

야자와는 보기보다 의지가 되는 존재였다. 야자와의 말에 따르면 갑자기 사방에서 순찰 로봇이 출현하면서 한순간에 신호 체계가 무너졌다. 순찰 로봇 한 마리당 한 마리의 쥐를 끌고 갈 수 있었다. 전멸은 면할 수 있겠지만 우왕좌왕하다 보면 지난번과 같은 불상사가 일어나지 말라는 법도 없었다. 당황해서 주변을 보지 못하는 사이 덫에 걸려버리는 것이다.

야자와를 따라 앞으로 나가는 도중 뭔가 이상한 느낌을 받았다. 야자와 쪽을 바라보니 역시 같은 것을 느끼고 있는 것 같았다. 모든 쥐가 한 곳으로 몰리고 있었다.

"네즈, 적당한 곳에서 무리를 재정비해야겠어."

"그래야 할 것 같네."

야자와가 멈췄다. 네즈도 발길을 멈추었다. 막다른 길이었다. 생각대로 살아남은 쥐들은 모두 이곳으로 온 것 같았다. 누군가가 그렇게 몰아넣었다고 생각할 수밖에 없었다. 반대 방향에서 이전의 울음소리가 들리는 것 같았다.

"젠장! 다들 내려가자!"

야자와의 말에 따라 전원 아래쪽의 방으로 내려갔다. 지나치게 조용했다. 어둠 속에서 무언가 빛나고 있었다. 짐승의 눈빛이었다.

크르르…그륵…크극….

그 빛은 고통스러운 듯 울부짖으며 천천히 앞으로 다가왔다. 위쪽에서도 스윽 하는 소리가 들렸다. 또 한 쌍의 눈빛이 환풍구를 통과해 내려오고 있었다.

크르륵…크….

네즈와 모두를 이 방으로 몰아넣은 녀석이다. 녀석들의 함정에 걸려들었다. 다수의 눈빛이 그들을 포위하고 있었다. 자신들과 비슷한 실험용 쥐의 냄새를 풍기고 있지만 무언가 달랐다. 조금 더 가까이 다가왔을 때 확실히 알 수 있었다. 보통의 쥐가 아니었다. 녀석들은 야수의 모습을 하고 있었다. 야자와가 어처구니가 없다는 표정으로 말했다.

"이번에도 카즈야의 짓인가. 이건 좀 심한데…."

그들은 카즈야가 자신들을 신경 쓰지 않았던 이유와 마주하고 있었다. 네즈는 의문이 풀렸다는 듯 이야기했다.

"기가 막히는군. 저런 짓을 하느라 조용했던 거였다니…."

그 순간 녀석들이 움직이기 시작했다. 야자와가 소리쳤다.

"네즈, 도망쳐!"

- 18 -

순찰 로봇을 내보낸 카즈야는 자신의 방으로 돌아와 있었다. 그는 비밀 공간으로 통하는 계단을 내려갔다. 어두운 공간의 구석에서 붉은빛이 반짝였다. 카즈야는 가벼운 발걸음으로 다가가서는 우리 문을 열었다. 그들은 포효했다. 그리고 빠르게 달려 나갔다. 카즈야는 감격스러운 표정으로 그 모습을 지켜보았다. 모두가 떠난 후, 그도 방을 나섰다.

켄지는 마음이 급했다. 카즈야의 의심을 사지 않기 위해서는 좀 더 빨리 움직여야 했다. 조금 전 수술대에서 대충 담아온 물건들을 허겁지겁 정리했다. 방을 나서면서 문을 여는 순간 그 자리에 얼어붙었다. 바로 앞에는 카즈야가 무표정한 얼굴로 서 있었다. 켄지는 최대한 침착하려 애를 썼다.

“어쩐 일이야? 카즈야?”

카즈야는 의심스럽다는 눈초리로 켄지의 얼굴을 빤히 쳐다보았다. 그 자리에 서서 아무 말 없이 방 안을 살피면서 차가운 목소리로 말했다.

“어디 가는 길이야?”

“아… 수술실에 가려던 중이야. 이미 준비는 다 해두었어. 뭐 빠진 거라도 있었어?”

“아니….”

카즈야는 생각했다. 분명 뭔가를 숨기고 있다. 그게 뭔지를 알 수가 없을 뿐이었다.

“어라? 켄지… 피가 묻었네. 바지에….”

켄지는 숨이 막히는 것을 느꼈다.

‘당황하면 안 돼, 무조건 잡아떼야 해.’

"어디? 정말이네. 언제 묻은 거지? 어제 수술실에서 묻은 건가?"

카즈야는 집중을 할 수 없었다. 들고 있던 메스를 내려놓고 수술실을 나왔다. 방으로 돌아가는 길에 켄지에게 들러 수술실 뒷정리를 지시했다. 켄지는 그러겠노라고 대답하며 수술실로 향했다. 카즈야는 다시 자신의 방으로 발걸음을 옮겼다. 문을 여는 순간 눈이 동그래졌다.

"하하. 대체 뭐야, 이건…."

여기저기 널브러진 쥐가 보였다. 발 디딜 틈이 없었다. 얼핏 보기에 기절한 놈이 반, 시체가 반 정도였다. 순찰 로봇을 내보내는 버튼을 누르고 지금까지 불과 20분이 채 지나지 않았다. 카즈야의 얼굴에는 행복한 미소가 가득했다.

순찰 로봇은 사정거리에 들어온 쥐들의 시각과 청각을 마비시킨다. 그렇게 정신을 잃은 쥐를 등에다 담아 데리고 왔다. 녀석들의 등에 담긴 것은 볼 필요도 없이 정신을 잃은 쥐다. 다음은 청소 로봇이었다. 여기저기 설치한 쥐덫에 걸린 쥐를 수거해왔다. 생포한 쥐의 수를 보니 모두 바쁘게 설친 것 같았다.

하지만 정작 그를 흥분시킨 건 따로 있었다. 카즈야가 직접 만든 전투용 쥐였다. 수술을 통해 공격 본능을 제외한 뇌의 대부분을 제거한 쥐였다. 모리야마 박사의 수술을 응용한 것으로, 수많은 시행착오를 거친 끝에 오늘 첫선을 보일 수 있었다.

자기보다 덩치가 비슷하거나 작은 동물이라면 쥐든 아니든 무조건 공격했다. 우선 다섯 마리를 만들었는데, 같이 모아두면 무리를 지어 사냥을 하기도 했다. 아직 불완전하기 때문인지 사냥이 가능한 시간은 10분에서 15분 정도였다. 그 시간 동안 마음껏 날뛰다가 힘이 빠지면 자신의 보금자리를 찾아왔다. 그러고는 우리 안에서 잠이 들었다.

방 안을 가득 채운 쥐들을 보고 있자니 뿌듯한 마음을 감추기 힘들었다. 모리야마 박사보다 훨씬 더 실용적인 쥐를 만들겠다는 목표에 한걸음 더 다가간 것 같았다. 이걸 아버지에게 보고하면 어떤 반응을 보일지 벌써부터 흥분되었다. 상쾌한 기분이었다. 쥐들로 가득한 방 안을 정리하면서 시체가 된 쥐들의 목덜미를 일일이 확인했다. 이미 싸늘하게 식어 있었다.

"새끼들인가? 특별한 건 없군."

다음은 기절한 녀석들의 차례였다.

한 놈, 두 놈, 세?

"어라? 이놈은?"

목덜미에는 no73이라는 숫자가 새겨져 있었다. 카즈야의 얼굴에 미소가 번졌다.

"큭큭, 잔챙이 야쿠자 놈이잖아. 뭐야? 내 얼굴을 친 놈이 이 녀석이었나? 어이가 없군. 아하하!"

그렇게 말하던 카즈야가 갑자기 자리에서 벌떡 일어났다.

"설마… 이렇게 많은 수에… 이 녀석까지 끼여 있다는 건, 역시…."

요이치가 깨어난 지 한 시간이 흘렀지만 아직은 움직일 수 있는 단계가 아니었다. 다시 잠을 자도록 유도하는 편이 나아 보였다. 절대적으로 안정을 취해야 할 시기였기 때문에 현재의 상황을 있는 그대로 말할 수는 없었다. 네즈는 타나카에게 요이치의 간호를 부탁하고 방을 나섰다.

야자와의 일을 떠올렸다. 실로 경악스러운 광경이었다. 사냥감을 눈앞에 둔 녀석들은 천천히 앞으로 다가왔다. 그것들은 분명히 쥐였지만 쥐의 모습이라고 하기에는 뭔가 어색했다. 얼굴은 일그러져 있었고 눈에서는 당장이라도 피가 흘러내릴 것만 같았다. 게다가 녀석들이 내뱉는 소리는 쥐의 입에서 나온 것이 맞는지 의심스러웠다. 개중에는 침을 질질 흘리는 녀석도 있었다. 광견병에 걸린 개를 떠올리게 했다.

야자와가 동료들에게 지시를 내려가면서 대항했지만 역부족이었다. 녀석들은 마치 싸움만을 위해 태어난 것처럼 보였다. 머리를 앞발로 내려쳤을 뿐인데 우리 쪽의 쥐가 바로 기절을 해버렸다. 그것만으로는 부족했는지 그대로 머리를 물어뜯었다. 여럿이 달려들어 떼어놓으려 했지만 한번 물고 나면 다시 입을 열지 않았다. 엄청난 힘이었다. 상대방이 축 늘어지고 죽은 것을 확인하자 입을 떼고는 다음 상대를 물색했다.

네즈는 도망치지 않았고 같이 맞서 싸우려 했다. 야자와가 소리를 질렀다.

"네즈! 왜 아직까지 거기 있는 거야? 빨리 가라는 소리 못 들었어? 여긴 네가 있을 곳이 아니야!"

"무슨 소리야! 하나라도 힘을 보태는 쪽이…."

"네가 당하면 우리는 누가 고치는데? 실험용 쥐들을 해방한다면서? 그건 누가 하는 건데? 정신 차리라고!"

네즈는 상황을 다시 한 번 정리했다. 이 상태로는 하나가 더 있든 없든 대세에는 영향이 없었다. 일단 퇴각한 후 원군을 보내는 편이 나아 보였다. 게다가 자신이 없으면 수술도 탈출도 영영 불가능했다. 야자와가 버텨주기를 바라며 환풍구를 바라보았다.

네즈가 환풍구를 향해 달려가자 한 녀석이 침을 흘리며 쫓아왔다. 야자와와 두 마리의 쥐가 뛰어들어 길을 열어주었다. 네즈는 환풍구로 들어가면서 야자와를 향해 소리를 질렀다.

"내가 올 때까지 쓰러지면 안 돼! 그리고 고향으로 돌아가자!"

야자와가 발을 흔드는 것을 보고는 몸을 돌려 아지트로 향했다. 비명 소리가 들려왔다. 야자와와 함께 네즈를 도와준 쥐의 소리였다. 네즈는 달렸다. 끝없이 이어지는 처절한 비명 소리를 뒤로하고 계속해서 달렸다.

야자와는 웃는 얼굴로 네즈를 향해 앞발을 들어 올려 보였다. 이내 네즈의 모습은 사라졌다. 야자와의 숨이 턱까지 차오르고 있었다. 땀에 젖은 털이 몸에 달라붙었다. 야자와 쪽이 수적으로는 우위에 있었지만 상대는 한 마리 한 마리가 일당백이었다. 이대로는 전멸이라고 생각했다. 바로 그때였다. 야자와는 녀석들의 몸에서 미세한 변화가 일어나는 것을 감지했다.

이제 막 10분이 지났다. 곧 녀석들이 잠들 시간이라는 사실을 야자와가 알 턱이 없었다. 한 마리가 잠이 오는 듯 비틀거렸다. 야자와는 그 순간을 놓치지 않았다. 녀석의 목을 노리고 뛰어들기 직전이었다.

하지만 운이 좋지 않았다. 공교롭게도 이제 막 도착한 순찰 로봇과 눈이 마주친 것이다. 위험하지만 달콤한 소리가 귀를 파고드는 것을 느꼈다. 마비되어버린 야자와의 몸이 순찰 로봇의 등에 갇혀버렸다. 리더를 잃은 쥐들은 전의를 상실했다. 그야말로 오합지졸이었다.

네즈가 [앞니]와 [짝귀]를 포함한 20여 마리의 쥐를 이끌고 이전의 장소에 도착했을 때, 그곳에는 이미 단 한 마리의 쥐도 남아 있지 않았다. 그저 살기 위한 처절한 몸부림의 자취가 남아 있을 뿐이었다.

"야자와는… 그저 온전한 기억으로 고향 땅을 밟고 싶었을 뿐이었는데…."

4

탈출

- 1 -

요이치의 수술이 무사히 마무리된 지도 벌써 사흘이 지났다. 네즈는 요이치의 방으로 찾아갔다. 일부러 시간을 끈다는 느낌을 받았기 때문이었다. 네즈는 야자와의 일을 상의하려 했다.

"아, 그거? 타나카에게 대충은 들었어."

예상대로 시큰둥한 반응이었다.

"요이치, 대충으론 부족해. 타나카 씨가 보지 못한 부분이 있어."

타나카는 네즈의 시선을 피해 고개를 숙였다.

"그래, 그래. 알았으니까 다음에 이야기하자."

요이치가 등을 떠밀며 내보내려 하자, 네즈는 그 발을 뿌리치며 소리쳤다.

"카즈야가 괴물을 만들었단 말이야!"

괴물이라니…. 자신들이야말로 카즈야의 손에 의해 만들어진 괴물이 아닌가. 무슨 더한 괴물이 있단 말인가.

요이치는 타나카에게 들은 이야기를 정리해보았다. 수술은 아무 문제 없이 끝이 났지만, 요이치와 타나카가 이동한 뒤에 남은 쥐들이 순찰 로봇의 습격을 받았다. 위험을 감지한 야자와는 네즈를 먼저 돌려보냈고, 이후 네즈의 원군이 그곳에 도착했을 때는 모든 상황이 종료된 후였다.

막대한 손실이 있었다고는 하지만 큰 문제는 아니었다. 요이치 자신의 수술이 무사히 끝났기 때문이었다. 그것이 중요했다. 자신만 건재하면 모르모트의 낙원도 건재하다. 요이치는 그렇게 생각했다.

“네즈, 서두르지 마. 그런 건 차차 알아보면 돼.”

네즈는 이대로 포기할 생각이 없어 보였다.

“자, 그럼 그건 어떻게 알아보는 거지? 행동대장 격이었던 야자와를 잃었어. 요이치 네가 직접 가는 거야?”

요이치는 정색하며 말했다.

“그런 수준 떨어지는 농담을…. 하하. 앞으로 정보를 수집하는 건 타나카와 네 몫이 될 거야.”

그 말을 들은 타나카가 움찔했다. 힘없는 자는 그저 서럽기만 할 뿐이다.

‘왜 또 나를 끼워 넣는 거지? 정찰 임무는 너무 위험한데….’

네즈도 지지 않았다.

"요이치 잘 들어. 난 너의 임금님 놀이에 맞춰줄 생각 따윈 눈곱만큼도 없어."

"어이! 너 지금 누구한테 그따위 말을 지껄이는지 알고 있는 거야? 누가 이곳의 보스인지 알려줄까?"

"그래? 어디 해보시지."

말이 끝나기가 무섭게 요이치가 몸을 움직이는가 싶더니 어느새 네즈를 제압해버렸다. 오른쪽 앞다리는 네즈의 목을 꽉 조이고 있었고 왼쪽 앞발에 들려 있는 바늘이 그의 목을 겨누고 있었다. 타나카는 옆에서 벌벌 떨고 있었다.

"어때, 이제 임금님 놀이에 동참할 생각이 생겼나?"

"훗… 하하하… 하하하하."

"뭐야? 너무 무서워서 돌아버렸나?"

"요이치, 네가 그렇게 나올 거라는 건 이미 예상하고 있었어."

"예상하고 있었다?"

요이치는 뒤통수를 한 대 얻어맞은 것 같은 기분이었다.

"잘 들어, 요이치. 네 수술은 성공했어. 다만 내 계획대로 되었다는 뜻이었지."

"그게 무슨 소리야?"

"너의 뇌는 불완전한 상태야. 지금은 뇌세포의 파괴를 지연시켜놓았을 뿐이거든. 뭐 그래도 한동안은 버틸 수 있을 거야."

퍽!

요이치의 앞발이 네즈의 얼굴을 강타했다. 앞발에 맞은 고개가 옆으로 약간 돌아갔을 뿐, 네즈는 그 자리에 꼿꼿이 버티고 서 있었다. 요이치가 무언가 말을 꺼내려 했지만 네즈는 모른 척하고 자신이 할 말만 계속했다.

"요이치, 나한테 이래도 괜찮겠어? 다음에 다시 한 번 앞발을 날린다면 나도 가만히 있지는 않을 거야. 더불어 뇌세포의 파괴를 막을 방법도 영영 사라지게 되겠지."

그렇게 말하고는 요이치의 방을 떠났다.

영영 사라지게 될 것이라는 네즈의 말이 요이치의 귓가를 어지럽혔다.

네즈는 다시 한 번 생각했다. 이곳의 모든 모르모트를 해방하고 싶다는 마음이 이전보다 더 강해졌다. 모리야마 박사, 요코, 상처 입은 어린 쥐, 야자와, 괴물이 된 쥐 그리고 이름 모를 수많은 사람들과 모르모트. 더 이상 방관할 수는 없었다.

특히나 실험용 쥐에 관해서는 자신에게도 어느 정도의 책임이 있었다. 그들을 쓰고 버리는 소모품으로 취급했던 적이 있었다. 목적은 달랐지만 당하는 입장에서는 그도 카즈야와 다를 바가 없을 터였다.

강한 자기혐오의 감정이 소용돌이쳤다. 역시 무언가 이상하다. 인간의 기억이 네즈를 지배하고 있어야 할 시점은 이미 지나고도 남았다. 그런데 계속해서 그를 움직이려 하는 이 감정은…. 문득 삶에 대한 욕망은 인간에게 국한된 것이 아니었을지도 모른다는 데 생각이 미쳤다.

타나카가 네즈의 방에 찾아왔다. 요이치의 전령을 겸해서 온 것 같았다.

“네즈는 볼수록 대단해. 머리도 좋고 배짱도 두둑해.”

“뭘요, 바로 본론으로 들어가도 괜찮아요. 어차피 요이치의 심부름으로 온 거잖아요?”

“헤헤, 알고 있었어?”

“그렇죠 뭐.”

“보스가 좀 예민하고 난폭한 구석이 있긴 한데…. 그래도 무리를 이 정도로 성장시킨 공로는 인정해야 해. 보스가 없었다면 지금의 아지트는 존재하지 않았어.”

“그건 그래요.”

“그럼 본론으로 들어갈게.”

“네.”

요이치가 네즈를 직접 만나러 오지 않은 것은 지금 둘이 만나게 된다면 일을 그르칠 것 같아서였다. 큰일을 위해 사소한 원한은 뒤로 미루어두겠다고 했다. 네즈는 타나카에게 자신의 생각을 모두 털어놓은 다음, 요이치를 만나러 갔다.

네즈가 원하는 것은 야자와의 구출과 모르모트의 해방이었다. 하지만 그에 앞서 카즈야가 만든 괴물의 존재를 설명했다. 그런 것들을 만들기 시작한 이상 이 연구소의 어디에도 안전지대라 할 만한 곳은 없었다. 그래서인지 요이치와의 대화는 싱거울 정도로 쉽게 풀렸다.

모든 일이 끝나고 나면 자신의 모든 것을 걸고 수술을 성공시키겠노라고 약속했다. 그리고 모두를 위한 어쩔 수 없는 선택이었다며 미안하다는 말을 덧붙였다. 네즈가 머리를 숙이자, 요이치도 더 이상 부정적인 이야기는 하지 않았다.

이번 작전은 네즈의 계획을 토대로 수립되었다. 단, 병력 규모와 배치만은 요이치가 직접 지시하는 것으로 결정했다. 건물의 구조적인 측면에서는 타나카의 도움을 받았다. 모든 문제의 근원은 카즈야였다. 카즈야가 살아 있는 한 자신들에게 안전한 곳이란 존재하지 않았다. 그가 만든 괴물들과 함께 카즈야도 잠재워야만 했다.

- 2 -

수술은 그들의 뜻대로 마무리되었다. 카즈야는 타츠야와 켄지의 꼬리를 잡으려고 애썼지만 결국 아무것도 발견하지 못했다. 켄지를 무시하고 하인 부리듯 하던 카즈야였다. 켄지는 그를 상대로 이런 완벽한 승리를 맛볼 줄은 상상도 하지 못했다. 지금이라면 뭐든 할 수 있을 것 같았다.

물론 쥐들의 시체로 가득한 카즈야의 방을 봤다면 이야기는 달라졌을 것이다. 하지만 켄지가 그런 사실을 알 리가 없었다. 지나친 것은 미치지 못한 것과 같다고 했던가. 당시에는 미처 생각하지 못했다. 지나친 긍정의 에너지가 독이 될지도 모른다는 사실을….

카즈야는 수술실에 앉아서 손목시계를 만지작거리고 있었다. 켄지는 평소대로 깔끔하게 준비를 마쳐두었다. 시계를 보니 켄지가 수술실을 나선 지 20분이 지났다. 아무리 멍청한 켄지라 해도 밖으로 나가자마자 뭔가를 시도하지는 않을 것이라 생각했다. 분위기를 살피다가 카즈야가 완전히 수술에 집중할 정도의 시간이 되면 움직이리라. 대략 이 정도의 시간일 거라 생각했다.

"그럼 슬슬 꼬리를 잡아볼까나."

타츠야로부터 연락이 올 때까지 무리한 행동을 하지 않기로 약속한 켄지였지만, 순탄한 분위기에 영향을 받아서였을까. 이번 한 번만은 자신의 뜻대로 움직이고 싶었다.

'이번 한 번만이야, 타츠야.'

그가 수술실을 나온 지 10분이 지났다. 카즈야가 수술실을 나오기까지는 충분한 시간이 있었다. 조심스럽게 카즈야의 방문을 열었다. 안으로 한 걸음 내딛었을 때 독특한 냄새가 코끝을 자극했다. 짙은 향

수 냄새에 비린내 비슷한 무언가가 섞여 있는 듯했다.

'카즈야 녀석, 방 안에서 도대체 무슨 짓을 하고 있는 거야?'

카즈야가 쥐들의 시체를 치우긴 했지만 냄새가 완전히 빠져나가려면 시간이 더 필요했다. 역겨운 냄새에 켄지의 마음이 흔들렸다. 하지만 돌아갈 수는 없었다. 이 방 어디선가 울부짖는 짐승의 소리가 들렸기 때문이었다. 소리가 나는 쪽으로 다가갔다. 문이 살짝 열려 있었다.

'모리야마 박사의 방과 같은 구조인가.'

켄지는 그런 생각을 하면서 어느새 계단을 내려가고 있었다. 아래쪽에서는 아무것도 보이지 않았다. 어둠 그 자체였다. 그를 이곳으로 이끈 소리가 바로 근처에서 들렸다.

크르르르….

'돌아가야 해, 켄지.'

하지만 진상을 알기 전에는 발길을 돌릴 수 없었다. 벽을 더듬어 스위치를 찾았다.

딸칵!

전등에 불이 들어왔다.

크르륵…큭!

천으로 뒤덮인 상자 같은 것이 보였다. 켄지는 마른침을 삼켰다. 천을 걷어내자 투명한 우리 안에서 눈이 돌아간 쥐들이 으르렁대고 있었다. 켄지는 하마터면 뒤로 넘어질 뻔했다. 겁이 났지만 저것들을 그냥 두면 타츠야가 위험에 처할 것이 분명했다. 무언가 무기가 될 만한 것을 찾아야만 했다. 선반 주변을 살펴보았다. 구석에 놓인 길쭉하고 투명한 유리병이 보였다.

히이익!

우당탕탕! 쨍그랑!

카즈야는 이미 복도로 나와 켄지의 방으로 향하고 있었다. 자신의 방을 막 지나려 할 때였다. 멀리서 아주 작은 소리가 들린 것 같았다. 무언가가 땅에 부딪히면서 깨지는 소리인 듯했다. 바닥보다 아래쪽이었다. 지금 서 있는 곳에서 그런 소리가 들릴 만한 곳은 한 군데밖에 없었다. 문을 열고 방 안으로 들어갔다. 예상대로 비밀 공간의 문이 활짝 열려 있었다.

쨍그랑!

한 번 더 유리가 깨지는 소리가 들렸다.

"이거야 원, 나를 정말 곤란하게 만드는군. 켄지."

천천히 계단을 내려갔다. 켄지에게 들리도록 일부러 큰 소리를 내고 있는 듯 보였다. 비밀 연구실에 도착한 카즈야는 어둠을 밝히기 위해 스위치를 찾았다. 전원은 이미 켜져 있는 상태였다. 카즈야가 들어오기 직전에 들린 소리는 바로 이것 때문이었다. 켄지가 전등을 박살 낸 것이었다. 이 공간은 빛이 들어오기 힘든 구조이기 때문에 어둠에 익숙해지고 난 후에도 앞이 거의 보이지 않는다.

카즈야는 켄지의 선택지를 예상해보았다. 굉장히 단순명료했다. 첫 번째, 어둠을 이용해 카즈야가 눈치채지 못하게 살며시 도망간다. 두 번째, 갑작스럽게 카즈야를 공격한다. 두 번째 선택지는 바로 제외했다. 카즈야는 완력에 자신이 있었다. 게다가 켄지의 소심한 성격상 그런 과감한 행동을 할 확률은 제로에 가까웠다.

카즈야는 천천히 움직이기 시작했다.

"나하고 숨바꼭질이라도 하자는 거야, 켄지?"

켄지의 얼굴은 어둠에 가려져 있었다. 한 줄기 눈물이 켄지의 뺨을 타고 흘러내렸다. 그의 눈동자는 참을 수 없는 분노를 내뿜고 있었다. 켄지는 숨을 죽이고 선반 뒤편에서 몸을 웅크렸다. 잠시 동안 아무 소리도 들리지 않는가 싶더니 순간적으로 주변의 공기가 움직이는 느낌이 들었다. 불이 켜진 라이터를 들고 있는 손이 나타났다. 그다음에는 환하게 웃고 있는 카즈야의 얼굴이 켄지의 눈앞까지 다가왔다.

"여기 있었네. 숨바꼭질은 여기까지…."

- 3 -

네즈는 출발을 서둘렀다. 경비가 이전보다 삼엄했다. 야자와가 없으니 정보력에 문제가 생겼다. 게다가 어제 오후부터 켄지와 연락이 되지 않았다. 네즈는 슬슬 걱정이 되기 시작했다.

'켄지…. 조급한 마음에 일을 그르치지 말아야 할 텐데.'

모르모트의 낙원 한복판에 위치한 광장은 하얗고 동그란 덩어리들로 가득 채워졌다. 아지트의 모르모트가 한곳에 모인 것이다. 한 마리도 빠짐없이 모인 것을 확인한 요이치가 말했다.

"전원 출전한다. 선발대 외에는 창고 뒤편에서 대기하다가 다음 명령에 따른다."

제대로 훈련받지 않은 쥐들까지 모조리 데리고 가는 목적은 뻔했다. 요이치는 만약의 사태가 발생하면 녀석들을 방패로 내세울 작정이었다. 네즈는 내키지 않았지만 요이치가 아니면 모르모트들을 움직일 방법이 없었다.

10분 전. 요이치와 네즈가 마지막으로 계획을 체크하고 있었다.

"어차피 여기에 있으면 죽는다. 그렇다면 모두 움직이는 수밖에 없는 거 아냐?"

요이치는 그렇게 말했다. 틀린 말이 아니었다. 어차피 누군가는 죽어야 한다. 지금껏 최전선에서 움직여온 쥐들의 희생이 있었기 때문에 나머지 쥐들의 삶이 존재하는 것이다.

그만큼 뒤에 숨어서 평화를 누렸으면 이번 한 번 정도는 저 녀석들도 뭔가를 보여줘야 한다는 것이 요이치의 논리였다. 더 절실하고 처절한 놈이 살아남을 것이고 그렇지 않은 놈은 도태되어 죽어 갈 것이다.

이것은 지금까지 오랜 세월에 걸쳐 이어져온 역사라는 거대한 소용돌이 안에서 인간을 비롯한 모든 생명체가 걸어온 길이다. 지금까지 그래왔듯 앞으로도 그럴 것이다. 그 안에서 자신이 할 수 있는 일을 하겠다. 그것이 네즈가 내린 결론이었다.

한동안 이 건물을 조사했던 타나카의 말에 따르면 자신들이 밖으로 나갈 수 있는 길은 사실상 한 군데밖에 없었다. 처음 들어올 때 사용했던 엘리베이터뿐이었다. 몇 마리를 살려 보낼 수 있을까. 네즈는 눈을 감고 심호흡을 했다.

요이치의 명령이 떨어졌다.

"자, 출발!"

요이치의 소리에 맞춰 선발대가 먼저 출발했다.

찍찍찍찍.

여기저기 쥐들의 울음소리가 울려 퍼졌다. 이전에 들어본 적이 없는 풍부하면서도 입체적인 소리였다. 저들 중 일부는 순찰 로봇에게 끌려갈 것이 분명했다. 하지만 순찰 로봇의 수는 정해져 있었고, 그건 끌고 갈 수 있는 쥐의 수 역시 한계가 있다는 이야기였다.

모두가 함께 출발하면 운이 좋은 녀석들은 포위망을 뚫을 수 있었다. 게다가 여건이 허락한다면 순찰 로봇에게 끌려간 쥐들을 구하는 것도 불가능한 일은 아니었다.

2진은 곳곳을 돌아다니며 당분간 소비할 식량을 조달한다. 마지막으로 조금 더 지능이 뛰어난 쥐들은 타나카와 함께 순찰 로봇에게 잡힌 쥐들과 연구실의 실험용 쥐들을 구조한다. 타나카는 그들과 요이치의 사이를 왔다 갔다 하면서 만일의 사태에 대비한다.

각자의 위치에서 맡은 바 임무를 완수한다. 그것이 전부였다. 하지만 이런 일에 익숙하지 않은 대부분의 쥐에게는 가장 어려운 일이기도 했다.

네즈와 요이치는 먼저 켄지의 방으로 향했다. 그 뒤로 요이치 친위대의 핵심이라 할 수 있는 [앞니]와 [짝귀]의 모습이 보였다. 친위대의 나머지는 괴물 쥐의 움직임에 대비하고 있었다.

네즈와 요이치가 켄지와 합류한다. 힘을 합쳐 카즈야를 쓰러뜨린다. 마지막으로 밖에서 날뛰고 있을 괴물 쥐를 제압한다. 그런 시나리오였다. 따로따로라면 무리일 테지만 네즈와 요이치가 카즈야의 시선을 분산시키는 틈을 타서 켄지가 함께 공격하면 충분히 승산이 있었다.

그 작전은 시작부터 막다른 벽에 부딪혔다. 작전에서 가장 큰 부분을 차지하고 있는 켄지의 모습을 어디에서도 찾을 수가 없었다. 카즈야와 대적할 유일한 인간이 사라져버린 것이다. 켄지의 방까지 오는 동안 그는 물론 카즈야의 모습도 보이지 않았다.

불길한 예감이 네즈의 뇌리를 스쳤다. 그들은 재빨리 카즈야의 방으로 이동했다. 카즈야는 바깥이 소란스럽다는 사실을 알고 이미 자신의 특공대를 내보냈다. 순찰 로봇이 먼저 방을 나갔다. 그 뒤로 소름 끼치는 울음소리가 들렸다. 괴물 쥐였다.

'이런 소란도 이번뿐이야. 허전해지겠는걸.'

카즈야는 그런 생각을 하면서 거울을 보고 미소 지었다. 카즈야의 얼굴 오른쪽 눈 밑에서 뺨을 거쳐 입 근처까지 완만한 곡선을 그리는 커다란 상처가 보였다. 예리한 물건에 베인 것 같았다. 뺨의 상처가 쓰라린지 카즈야의 표정이 일그러졌다.

그때였다. 카즈야는 벽을 타고 내려오는 쥐의 모습을 거울로 확인했다. 그 쥐도 숨을 생각은 없어 보였다. 둘은 거울을 통해 눈을 마주보았다. 이어 두 마리의 쥐가 첫 번째 쥐를 호위하듯 나란히 섰다. 카즈야는 부드러운 미소와 목소리로 말했다.

"호오, 그 머리털은? 타츠야인가? 뭐야? 그 떨거지들은?"

"떨거지가 아니야, 카즈야."

네즈가 눈짓을 하자 [앞니]와 [짝귀]가 목의 털을 올려 보였다.

"너도 알다시피 약간의 지능은 남아 있어. 그 정도면 나를 돕기에는 충분하지…."

카즈야가 약간 놀란 표정으로 그들을 바라보았다.

"no52, no58. 흥, 잘도 그런 버러지들을 데리고 왔구나. 그렇다는 건….”

카즈야는 말을 마치는 것과 동시에 고개를 들었다. 위쪽에서 하얀 덩어리가 빠른 속도로 날아왔다. 카즈야는 본능적으로 고개를 돌려 피해버렸다. 그 덩어리가 비틀리면서 뾰족한 물건이 카즈야의 오른쪽 눈가를 스쳤다. 하얀 덩어리의 정체는 요이치였다. 그는 가벼운 몸놀림으로 바닥에 착지했다.

“젠장! 계획대로라면 눈알에 처넣었어야 하는 건데!”

요이치가 안타깝다는 듯 중얼거렸다.

네즈는 카즈야가 운동으로 단련되어 있다는 사실을 떠올렸다. 그의 탄탄한 몸매로 추정하건대 평균치를 훨씬 웃도는 신체 능력을 지니고 있을 터였다. 조금 전의 움직임으로 동체 시력도 만만치 않다는 사실까지 알게 되었다. 켄지가 없는 지금 네 마리의 쥐가 인간을 상대하는 모양새였다.

그나마 위안이 되는 점은 카즈야의 몸 상태가 정상이 아니라는 것이었다. 네즈의 눈에 뒷걸음질 치는 카즈야의 어색한 움직임이 포착되었다. 그들과 싸우기 이전에 이미 한쪽 다리를 심하게 다친 듯했다.

게다가 카즈야의 얼굴을 긁은 요이치의 바늘에는 독이 묻어 있었다. 카즈야와 싸울 때를 대비해 네즈가 준비한 것이었다. 약과 독은 동전의 양면과 같다. 양이나 사용 방법에 따라 또는 배합 방법에 따라 약이 독이 되기도, 독이 약이 되기도 한다.

타츠야의 기억을 갖고 있는 네즈의 머릿속에는 연구소 구석구석의 모든 약품 리스트가 정리되어 있었다. 약을 구하고 독을 만드는 것은 어렵지 않았다. 다만, 맹독의 경우 요이치까지 위험에 빠뜨릴 수도 있었기 때문에 순간적으로 신경을 마비시킬 정도의 강도로 맞추어두었다. 약하다고는 해도 눈에 제대로 맞으면 실명, 기도 쪽이면 호흡곤란으로 중태에 빠질 가능성도 있었다.

카즈야는 다리를 설면서 눈을 깜빡이고 있었다. 느린 속도였지만 독은 확실히 퍼지고 있었다. 네 마리의 모르모트는 조금씩 거리를 좁혔다. 계속해서 뒤로 물러서던 카즈야가 비밀 공간으로 이어지는 계단에서 굴러 떨어졌다. 실수로 넘어진 줄 알았지만 그게 아니었다. 쥐들과 간격을 벌리기 위해서 일부러 그렇게 한 것이었다. 그는 선반 뒤쪽에 숨어서 길쭉한 유리병 하나를 선반 위에 올려놓았다.

네즈는 그것을 본 적이 있었다. 그의 눈동자가 흰색 라벨로 향했다. 요코의 뇌였다. 네즈의 심장이 요동쳤다. 지난번 수술은 모리야마 박사의 비밀 공간에서 이루어졌다. 당시, 켄지에게 요코의 뇌를 어떻게 설명해야 좋을지 난감했었다. 그런데 사전 조사를 위해 그곳에 갔을 때는 모두 정리가 된 후였다. 대충 짐작은 했지만 직접 보게 되니 심장이 터질 것 같았다. 심호흡을 하고 겨우 마음을 진정시켰다

그 옆으로 또 하나의 유리병이 올라왔다. 모리야마 박사의 것이다. 그 옆에 또 하나의 유리병이…. 이번엔 켄지였다.

하루 전, 카즈야의 비밀 공간. 평상시의 켄지라면 겁에 질려 있었을 것이 분명했다. 하지만 지금 그의 가슴을 지배하고 있는 분노가 그것을 잊게 만들었다. 켄지는 눈물과 함께 울분을 쏟아냈다.

"아아악! 죽어라, 이 악마!"

켄지의 갑작스러운 변화에 놀란 카즈야가 뒷걸음질 쳤다. 켄지는 손에 들고 있던 유리 조각을 멋대로 휘둘렀다. 혼신의 힘을 다해 대항했지만 카즈야의 손에 쓰러질 때까지 걸린 시간은 3분이 채 되지 않았다. 그렇지만 카즈야도 얼굴과 다리에 깊은 상처를 입었다.

카즈야는 상처를 치료하고 전등을 갈았다. 아버지로부터 부재중 전화가 들어와 있었다. 그에게 현재 상황을 보고하자 차가운 목소리로 시설의 폐쇄를 명령했다. 아버지의 기대에 부응하겠노라고 열변을 토했지만 그의 대답에는 변함이 없었다.

카즈야는 알고 있었다. 아버지는 같은 말을 여러 번 반복하는 것을 좋아하지 않는다. 아버지의 눈에 카즈야는 아직 여러모로 미흡했나 보다. 불완전한 연구 결과에 현재의 대치 상황까지. 모리야마 박사를 처리한 것은 성급한 행동이었다면서 가능한 한 타츠야를 생포해서 돌아오라고 명령했다. 그 말을 마지막으로 전화는 끊어졌다.

선반 위의 유리병을 본 네즈의 몸이 부들부들 떨리고 있었다. 카즈야는 요코, 모리야마 박사, 켄지의 뇌를 차례대로 쓰다듬으며 말했다.

"네즈, 아니 타츠야라고 불러줄까?"

“어때? 고맙지 않아? 요코와 켄지야. 게다가 모리야마 박사까지 이렇게 잘 모셔두었어. 정성스럽게 고가의 유리병에 담아서. 네가 내 밑으로 들어온다면 모든 일은 만사형통이야.”

네즈는 할 말을 잃었다. 이미 알고 있었지만 다시 한 번 확인했다. 카즈야는 제정신이 아니다. 그는 호흡을 가다듬었다.

‘말려들면 안 돼. 다른 생각은 하지 말자. 지금 해야 할 일만 생각하는 거야.’

“너도 잘 알고 있잖아. 너와 나의 실력이면 저 세 사람을 모두 되살릴 수 있어. 아, 나오타로까지 네 사람 모두. 물론 쥐새끼가 아닌 사람의 몸으로 말이야. 네가 원한다면 최고의 기계를 몸으로 제공할 수도 있어. 생전의 모습과 가장 가까운 형태로 되살리는 거야. 나에게는 그럴 능력과 재력이 있어. 게다가 연줄까지.”

네즈는 콧방귀를 뀌며 대답했다.

“흥, 아주 잘 알고 있지. 네놈이 빌어먹을 스파이 녀석이라는 것 정도는.”

“이거 놀랐는걸. 나를 상대로 그런 저급한 단어를 입에 올릴 수 있다니. 나를 너무 자극하지 않는 편이 좋아, 타츠야. 너라면 현실을 받아들일 줄 알았는데…. 이대로라면 너를 기다리는 건 파멸뿐이야. 게다가 나머지 네 사람은 또 어떻고. 나는 정부의 일을 돕고 있는 거야. 나야말로 대의명분에 따라 일하는 거라고. 그분들의 입장에서 보면 너희들은 소모품에 지나지 않아. 하지만 난 달라. 그래도 우리가 함께 한 시간이 있잖아. 난 너희들을 다시 살려줄 수 있어. 예전처럼 함께 연구를 하는 거야. 모두를 위한 일이야, 어때?"

"야! 네즈. 뭘 고민하는 거야?"

요이치는 인간의 귀에는 들리지 않을 정도의 작은 목소리로 속삭였다.

"네가 생각하는 그런 게 아냐."

네즈도 마찬가지였다.

요이치가 다시 무언가 말하려 하자 카즈야가 선수를 쳤다.

"어이, 거기 쥐새끼. 너는 빠져 있어."

요이치는 카즈야를 더 이상 자극해봤자 도움이 되지 않는다고 판단했는지 입을 다물었다. 네즈는 카즈야의 제안에 대해 고민하는 것이 아니었다. 녀석이 네즈를 위해 무언가를 해줄 리 없다는 것을 너무나 잘 알고 있었다. 지금도 스스로의 필요에 의해 시간을 끌고 있는 것뿐이었다.

문제는 지금 상황에서 카즈야를 처리할 확실한 방법이 떠오르지 않는다는 것이었다. 이미 확인했지만 카즈야는 그들이 생각한 방법대로 순순히 쓰러질 만큼 약하지 않았다. 약하기는커녕 인간과 쥐의 크기 차이에서 오는 위압감은 상상 이상이었다.

독도 마찬가지였다. 요이치를 걱정해 약을 지나치게 희석한 것이 문제인 듯했다. 쥐였다면 생명의 위협을 받고도 남을 양이었지만 인간인 카즈야는 어지러워할 뿐 치명상은 아니었다.

'카즈야는 무엇이 두려워 이렇게 시간을 끌고 있는 걸까? 아니면 정말 나를 필요로 하는 일이라도 있는 것일까? 이 시점에서 굳이 나를 다시 끌어들일 이유는 없을 텐데….'

네즈는 카즈야와 T의 대화를 듣지 못했기 때문에 더 깊은 고민에 빠졌다.

카즈야는 여유가 생겼는지 요이치를 향해 소리쳤다.

"요이치, 너도 좀 거들어봐. 우린 형제나 다름없는 사이잖아. 네가 어떤 역할을 하느냐에 따라 너에 대한 대우도 달라진다는 사실을 잘 기억해둬."

그 이야기를 들은 요이치의 표정이 험악해졌다.

- 4 -

팽팽한 긴장감이 흐르고 있었다. 양쪽 모두 서로를 뚫어지게 바라볼 뿐 쉽게 나서지 못했다. 카즈야는 타츠야를 생포하기 위한 방법을 고민하는 중이었다. 그렇게 시간이 얼마나 흘렀을까, 카즈야의 오른쪽 눈은 깜빡임이 점차 느려지더니 거의 감긴 상태가 되었다. 이제야 독이 모두 퍼진 듯했다. 더 이상의 효과는 기대하기 힘들었다.

그때를 놓치지 않고 요이치가 움직였다. 두 마리의 친위대도 함께 달리다가 요이치의 좌우로 갈라지기 시작했다. 카즈야는 양방향으로 달려드는 쥐의 움직임을 놓치지 않았다. 쥐가 점프하는 순간을 기나렸다가 주먹을 꽉 쥐고 팔을 바깥쪽으로 펼쳤다. 왼쪽으로 달려든 [앞니]는 정통으로 배를 맞고 벽에 부딪힌 후 땅바닥에 떨어지더니 그 상태로 축 늘어져버렸다.

오른쪽으로 간 [짝귀] 역시 배를 맞았다. 그의 의지와는 상관없이 공중에서 몇 바퀴 뱅글뱅글 회전한 뒤 네발로 착지했다. 그래도 버틸 만했는지 정신을 잃지는 않은 모습이다. 카즈야의 오른쪽 시야가 제한되어 있었기 때문에 약간 빗맞은 듯했다.

마지막 한 마리. 요이치는 카즈야의 가랑이 사이를 지난 후 벽을 타고 점프했다. 두 마리의 쥐를 쓰러뜨린 카즈야가 다급하게 요이치의 움직임을 좇았다. 하지만 완벽하게 카즈야의 사각을 파고들었기 때문에 무방비 상태가 되었다.

휘익!

팍!

아아악!!!

요이치의 바늘이 카즈야의 오른쪽 눈을 파고들었다. 멀쩡한 왼쪽 눈을 노리고 싶었지만 보다 확실하게 성공시키기 위해 오른쪽을 재생 불능으로 만드는 쪽을 택한 것 같았다. 카즈야는 신음 소리를 흘리며 눈에 박힌 바늘을 뽑아냈다.

으윽!

고통이 극심한 모양이었다. 하지만 인간을 상대로 하기에는 역시 힘이 모자란 듯했다. 치명적인 부위이기는 하지만 상처 자체는 깊지 않았다. 물론 이 일격으로 카즈야의 오른쪽 눈이 다시 빛을 보는 일은 없으리라. 카즈야는 한쪽 눈을 완전히 감은 상태로 무릎을 꿇었다.

"결국 네놈들이 사태를 더욱 악화시키는구나. 이렇게까지 나를 화나게 하다니… 그만한 각오는 하고 있겠지?"

카즈야가 휘청거리며 일어났다. 그 모습을 지켜보는 모르모트들은 바짝 긴장하고 있었다. 요이치의 바늘은 이제 한 발뿐이다. 네즈가 준비한 작은 칼로는 접근하기도 힘들었다. 기대할 수 있는 시나리오는 카즈야가 요이치의 마지막 한 발에 정신이 팔려 있을 때 네즈가 몰래 돌아가 급소를 찌르는 정도였다.

최악의 경우 이빨을 사용하는 것도 생각해보았다. 인간의 몸에 있는 모든 급소를 알고 있는 네즈였다. 어떤 무기가 됐든 가까이 다가가기만 하면 치명상을 안겨줄 자신이 있었다. 그런 생각을 하는 동안 카즈야의 몸이 아주 미세하게 오른쪽으로 이동한 것처럼 느껴졌다. 카즈야의 손이 어떤 상자에서 천을 끌어내렸다. 우리 안에는 마스크를 쓰고 있는 쥐 한 마리가 들어 있었다. 카즈야는 우리의 뚜껑을 살짝 열고 손을 안쪽으로 밀어 넣었다. 그러고는 쥐의 마스크를 벗겼다.

크르르…크그…으…윽….

'이런, 괴물 쥐가 아직 남아 있었다니!'

네즈와 요이치가 한 발 물러섰다.

하하하!

카즈야가 저런 웃음소리를 낼 때는 대부분 자신이 원하는 대로 일이 풀릴 때였다. 카즈야는 철창 안쪽과 네즈 쪽을 번갈아보며 말했다.

"하하하, 이게 누굴까? 인사해. 잘 아는 사이잖아."

그 정체를 알게 된 네즈와 요이치는 심각한 표정으로 철창을 바라보았다. 둘의 반응을 본 카즈야는 갑자기 웃음을 거두고는 고개를 갸웃했다.

"어라? 그다지 사이가 좋지는 않은가 보네. 이 아이는 너희들을 싫어하나 봐."

카즈야는 다시 웃는 얼굴을 하고 설명을 이어 나갔다. 네즈와 요이치를 자극하기 위해 일부러 더 친절하게 설명했다.

"지난번 녀석들은 일반적인 실험용 쥐였어. 자기하고 몸집이 비슷하거나 작은 녀석을 보면 무조건 공격하게 만들었지. 한마디로 그냥 바보야, 화만 내는 바보."

그러면서 철창을 툭툭 쳤다.

"그렇다면 이번엔 어떨까? no73은 꽤 높은 지능을 갖고 있었잖

아. 사실 이건 비밀인데… 요이치에게만 알려줄게. 우린 같은 시설에서 자란 형제니까."

요이치는 카즈야의 다음 말을 알 것 같았다. 예감이 좋지 않았다.

"no73이 죽기 전에 한 말이 있는데…. 자기를 살려주면 나를 도와 너를 처리하는 데 힘을 보태겠다고 했어. 이유를 들어보니 너한테 그다지 좋은 감정이 있는 것 같지는 않더라고…. 그래서 소원을 들어줬지. 나를 도와 너를 없애버릴 수 있도록 말이야. 하하하."

네즈는 또다시 분노했다. 저 역겨운 녀석만은 반드시 막아야 한다고 생각했다.

"no73에게는 이제 지능이 거의 남아 있지 않아. 지능을 빼앗은 대신에 분노라는 감정을 남겨뒀어. 공격성에 분노가 더해진 거지. 요이치, 네가 0순위라는 것 정도는 알고 있겠지? 하하하."

- 5 -

카즈야가 미소를 지으며 우리 문을 완전히 개방했다.

크르르륵….

이성이 사라진 야자와가 천천히 앞으로 나왔다. 요이치를 노려보고 있었다. 누가 보더라도 요이치를 향한 증오심이 역력했다.

"야, 네즈. 이거 좋지 않은데…. 좋은 생각 없어?"

그런 생각이 있을 리 없었다. 요이치가 한 걸음 뒤로 물러났다.

요이치의 바늘은 앞으로 단 한 발…. 야자와를 공격하는 데 사용해 버리면 카즈야를 제압하는 것은 불가능에 가까워진다. 네즈는 괴물쥐의 위력을 누구보다 잘 알고 있었다. 요이치가 제대로 맞힐 수 있을지도 의문이었다. 그렇다면 결국….

'이 칼로… 내 발로 야자와를 쓰러뜨려야만 하는 건가.'

네즈는 가슴이 답답했다. 야자와를 구출한 다음, 모두 함께 이곳을 탈출할 계획이었다. 요코와 켄지는 유리병 속에… 야자와는 저런 모습으로…. 어째서 또다시 이렇게 되어버린 것일까.

그런 생각을 하는 중이었다. 야자와가 요이치를 향해 달리기 시작했다. 네즈는 칼을 집어 들고 자세를 잡았다. 요이치를 노리고 오는 순간에 내리쳐야 한다.

"하하하, 꼴좋구나. 요이치!"

카즈야의 역겨운 목소리가 들려온다.

순간 야자와가 방향을 틀었다. 그야말로 순식간이었다.

커억!

카즈야의 목덜미에서 검붉은 피가 뿜어져 나왔다. 너무 빠른데다 전혀 예측하지 못했기 때문에 눈으로 좇기도 힘들 정도의 속도였다.

야자와는 요이치를 향해 달리다가 카즈야의 목소리를 듣고는 바로 방향을 틀어 벽을 탔다. 그 가속도와 벽을 밟는 반동을 이용하여 점프했다. 야자와가 날아올랐다고 생각한 순간 이미 카즈야의 목덜미를 물고 있었던 것이다.

카즈야는 야자와의 몸을 꽉 잡았다. 야자와는 몸이 터질 것처럼 보이는데도 카즈야의 목을 놓지 않고 있었다. 카즈야는 있는 힘을 다해 야자와를 잡아당겼다.

주우욱!

야자와의 몸이 카즈야의 목에서 떨어지면서 물고 있던 살점도 같이 뜯겨 나왔다. 피가 뚝뚝 떨어지는 고기가 야자와의 입에서 덜렁거렸다. 한참을 물려 있던 살점은 야자와가 피를 왈칵 쏟아내면서 겨우 그의 입에서 떨어져 나왔다.

네즈는 바로 상황을 파악했다. 카즈야의 손아귀 힘에 끝까지 대항하던 야자와의 내장이 파열된 것 같았다. 카즈야는 카즈야대로 목을 부여잡고 쓰러졌다. 극심한 통증을 견디지 못하고 데굴데굴 구르면서 소리를 질러댔다.

으아아악! 으…으….

겨우 몸을 추스르고 있는 듯 보였지만 카즈야의 얼굴은 눈물과 콧물에 핏물까지 범벅이 되어 있었다. 야자와도 크르륵 하는 소리를 내며 꼿꼿이 서 있었지만 당장 달려들 힘은 없어 보였다.

요이치가 바닥에 누워 깔깔거리며 웃었다.

"어이, 카즈야. 괜찮아? 야자와에게 확실히 물어보지, 그랬어? 나보다 더 싫어하는 녀석은 없었는지 말이야. 어떻게 해? 그게 너였나 봐. 아하하하."

네즈는 생각했다. 정말 둘 다 똑같은 녀석이라고. 상황이 바뀌기 무섭게 돌변하는구나. 네즈는 야자와 쪽을 쳐다보았다. 처참한 모습에 눈을 감았다. 소중한 사람들의 모습이 하나둘 떠올랐다. 그리고 야자와의 바람을 떠올렸다. 가슴이 터질 것 같았다.

한참을 조롱하던 요이치가 몸을 일으켰다.

"자, 그럼 마지막은 내 발로 처리해야겠지? 원래대로라면 내 손이라고 해야 하는데 말이지. 카즈야, 네 덕분에 발로 처리하는 능력까지 생겼어. 정말 고맙군."

그렇게 말하면서 카즈야에게 다가갔다. 앞발로 마지막 바늘을 꺼내고 있었다. 카즈야는 그대로 두어도 과다 출혈로 죽음을 맞이할 운명이었다. 하지만 요이치는 그런 죽음을 허락할 수 없었다. 반드시 자신의 발로 마무리해야만 했다.

콜록 콜록. 컥!

카즈야는 고통스러워하며 요이치가 다가오는 것을 기다릴 수밖에 없었다. 그는 피가 쏟아지는 것을 막기도 버거워 보였다.

'이 순간을 얼마나 기다려왔는가.'

요이치는 승리의 기쁨을 조금 더 만끽하고 싶었다. 하지만 거기까지였다. 네즈가 소리를 질렀다. 다급한 네즈의 목소리에 요이치는 황급히 물러설 수밖에 없었다.

- 6 -

"요이치, 조심해!"

요이치가 고개를 돌리자 야자와가 그를 향해 다가오는 모습이 보였다. 이미 카즈야를 공격할 때와 같은 에너지는 없어 보였다. 마지막 결전을 앞두고 힘을 비축하고 있는 듯, 거친 숨을 몰아쉬며 천천히 걸어오고 있는 야자와의 일그러진 얼굴은 처참했다.

"아니, 이런…."

요이치가 신음 소리를 흘렸다.

"카즈야의 말대로 우리한테도 좋은 감정은 없는 것 같네…."

네즈는 기가 막혔다.

'야자와를 괴롭힌 건 너 혼자인데 왜 우리라고 하는 거야?'

야자와는 아주 잠깐 동안이지만 네즈와 눈이 마주쳤다. 네즈를 알아보는 것인지 공격할 의사가 없어 보였다. 이내 요이치 쪽으로 고개를 돌렸다.

"저놈이 이런 식으로 차별을 하다니…. 젠장! 올 테면 와보라고! 이 바늘을 콱 꽂아줄 테니까."

네즈는 망설이고 있었다. 요이치는 결코 좋은 녀석이라고 말하기는 힘들었다. 하지만 적지 않은 도움을 받은 것도 사실이다. 게다가 모르모트들의 정신적 지주이기도 했다. 이대로 내버려두면 야자와에게 죽임을 당할 확률이 높았다.

이번에는 야자와 쪽을 바라보았다. 안타깝게도 이미 인간의 이성과 의지는 사라진 지 오래였다. 상처의 정도 역시 숨이 끊어지는 것을 막기 어려운 상태였다. 저런 모습으로 고통스러워하는 것을 지켜보느니 네즈의 발로 그를 막는 쪽을 선택하는 것이 나을지도 몰랐다.

야자와가 먼저 움직였다. 요이치는 피하려 했지만 뜻대로 되지 않았다. 요이치의 몸은 야자와의 아래에 깔려버렸다. 그 과정에서 바늘을 땅에 떨어뜨렸다. 양 앞발로 야자와의 얼굴을 밀면서 이빨이 다가오는 것을 막는 게 고작이었다. 괴물이 된 야자와는 상처 입은 몸이라고 생각할 수 없는 괴력을 지니고 있었다. 그의 이빨이 요이치의 목에 구멍을 내기 직전이었다.

퍼억!

야자와는 옆으로 굴렀다. 네즈가 몸을 던져 옆구리를 밀친 것이다. 그렇지 않아도 내장에 상처를 입은 상태였다. 충격을 받은 야자와는 비틀거렸다. 눈빛이나 표정에는 거의 변화가 없었지만 어딘가 기운이 빠진 모습이었다.

네즈는 작은 칼을 꺼내 들고 야자와의 앞에 섰다. 그때였다. 야자와의 눈에서 붉은 눈물이 흘러내렸다. 그 모습을 본 네즈는 앞발에 들고 있던 칼을 떨어뜨리고 말았다.

툭!

순간 네즈의 뒤쪽에서 몸을 숨기고 있던 요이치가 빈틈을 놓치지 않고 달려들었다. 바늘은 야자와의 어깨를 관통했다. 야자와는 앞으로 쓰러졌다. 그는 쓰러지는 순간까지 요이치의 다리를 물고 늘어졌다.

아아악!!

요이치가 비명을 질렀다. 요이치가 앞발로 야자와의 머리를 계속해서 내리쳤다. 야자와는 이미 숨이 끊어져 있었다. 바늘에 묻은 독의 영향으로 거의 즉사한 것 같았다. 네즈는 죽은 야자와의 입을 벌려 요이치의 다리에서 떼어냈다. 요이치의 상처는 그리 깊지 않았다. 요이치는 분이 풀리지 않았는지 죽은 야자와의 시체를 훼손하려 했다. 네즈가 그 앞을 가로막았다. 양 앞다리를 벌리고 고개를 숙인 채 말했다.

"다 끝났어, 요이치. 이제 그만해. 이제 됐잖아."

요이치가 마지못해 야자와의 시체에서 떨어졌다

"쳇! 잘난 척은."

요이치는 한쪽 다리를 질질 끌면서 밖으로 나가려고 했다. 잠시 멈추더니 네즈를 향해 말했다.

"네즈, 나와의 약속을 잊으면 안 돼."

네즈는 바닥에 누워서 요이치의 눈을 똑바로 응시하며 말했다.

"거짓말이었어."

"뭐?"

요이치가 네즈의 눈을 빤히 쳐다보았다. 네즈는 피하지 않았다.

"거짓말이었다고. 그렇게라도 하지 않으면 넌 움직이지 않았을 테니까. 난 처음부터 약속을 지켰어. 네 수술은 무사히 끝났어. 안심해도 좋아."

요이치는 한숨을 내쉬더니 한 번 더 네즈를 유심히 쳐다보았다.

"이번 건 거짓말이 아닌 것 같긴 한데…."

"그래, 정말이야."

"그렇단 말이지…. 뭣 때문에 이런 죽을 고생을…."

요이치가 뭔가 더 말하려 했을 때 사이렌이 울렸다.

"아… 미치겠네. 이번엔 또 뭐야!"

요이치가 짜증 난다는 듯 소리를 질렀다. 이번만큼은 네즈도 요이치와 같은 생각을 하고 있었다.

- 7 -

네즈는 요란한 사이렌 소리에 정신이 번쩍 들었다. 이제야 카즈야가 보이지 않는다는 사실을 깨달았다.

'이런! 야자와와 요이치에게만 정신이 팔려 있었어.'

요이치도 이미 눈치챈 것 같았다. 둘은 누가 먼저라고 할 것도 없이 카즈야를 쫓아 계단을 올라갔다. 다리의 부상 때문인지 요이치가 점점 뒤로 처졌다. 네즈가 계단을 반쯤 올라갔을 때 문이 닫히는 소리가 들렸다.

쾅!

"큰일인데. 아래쪽 공간에서는 공기의 흐름이 멎어 있었어. 공기가 흘러들어오는 곳은 방금 닫힌 문 쪽이 유일해."

네즈의 말이 끝나기가 무섭게 카즈야의 웃음소리가 들렸다. 안 봐도 뻔했다. 일부러 여기까지 들릴 정도의 큰 소리로 웃고 있었다.

"그 정도로 심각한 부상을 입고도 저러고 싶을까."

요이치가 정말 질렸다는 듯 한숨을 토해내며 말했다.

그건 네즈도 같은 생각이었다. 정말 무슨 생각으로 사는 인간인지 알 수가 없었다. 아니나 다를까, 캑캑거리며 피를 토하는 소리가 들렸다. 녀석도 의사인데… 저런 행동이 자신의 생명을 위협하는 것임을 알고 있으면서도 그 이야기를 해야만 속이 시원했을까. 이어지는 카즈야의 목소리는 고통으로 떨리고 있었다.

"마지막에 웃는 자가 진짜 승리자야! 내가 방금 뭘 했는지 들려줄까? 이 건물을 통째로 날려버릴 버튼을 눌러버렸어. 10분이다. 이곳은 곧 폭발할 거야. 이 지하 연구소는 흔적도 없이 사라지게 되겠지. 이곳에서 벌어진 일들과 함께. 그리고 네놈들의 존재와 함께. 게다가 이 사이렌은 아버지가 계신 곳과 이어져 있어. 벌써 나를 구할 구조대가 이리로 출발했을걸. 나는 밖으로 나갈 거야. 곧 구조될 거라고…."

카즈야는 고통을 참기 힘들었는지 잠시 쉬다가 다시 말을 이었다.

"잘 있어라. 징그러운 쥐새끼들아."

그 말을 끝으로 더 이상 아무 소리도 들리지 않는가 싶더니, 다시 소란스러워지기 시작했다. 문이 열리고 두 손으로 목을 부여잡은 카즈야가 다시 한 번 굴러 떨어지는 바람에 네즈와 요이치는 압사할 뻔했다. 계단 위를 보니 타나카와 친위대의 모습이 보였다. 양쪽에서 상황을 지켜보기로 한 타나카가 카즈야를 발견하자마자 빠르게 공격을 지시한 것이었다.

"빨리 올라와, 네즈."

타나카가 앞발을 흔들며 반갑게 말했다.

"야! 나는?"

"보… 보스도 빨리 오세요."

타나카의 옆에 있던 친위대가 요이치를 부축해서 밖으로 나갔다.

아래쪽에서는 [앞니]와 [짝귀]를 데리고 나오는 중이었다.

네즈는 바깥의 상황이 궁금했다.

"타나카 씨, 다 들었죠?"

"응."

"여긴 곧 폭발해요. 빨리 도망쳐야 해요."

"그래. 그런데 문제가 좀 있어."

"네? 무슨?"

"그게…. 처음에는 네즈와 요이치의 계획대로 일사분란하게 움직였어. 문제는 그 괴물 같은 쥐들이 나타나면서 시작되었지. 그런 상황에 요이치가 보이지 않으니 패닉 상태에 빠진 거야. 내가 나서봤지만 아무도 듣질 않았어. 임무는 온데간데없었지. 무턱대고 도망가는 녀석, 식량을 찾아 숨어버린 녀석, 심지어 아지트로 돌아간 녀석도 있는 것 같아. 그사이에 순찰 로봇에게 당하고, 덫에 걸리고. 게다가 괴물 쥐가 우리를 그냥 내버려둘 리가 없잖아. 흩어져 있던 녀석들 대부분이 괴물 쥐에게 당해버렸어. 나와 친위대 소속의 쥐들만이 괴물 쥐의 움직임을 지켜보면서 기회를 노리고 있었지. 녀석들의 힘이 빠질 때를 기다렸어. 대충 10분 정도 지났던 것 같아. 그때 기습 공격을 감행했지. 그런데도 녀석들은 터무니없이 강했어. 보시다시피 반만 살아남았지."

네즈는 말이 없었다. 네즈의 마음을 읽은 타나카가 덧붙였다.

"네즈, 불가능해. 모르모트들에게 새로운 삶을 주려는 마음은 알고 있지만 불가능한 일이야. 누가 부상자인지 누가 시체인지도 확인할 길이 없어. 인원이 모자라. 아지트로 간 녀석들을 이곳으로 데리고 오기에는 시간이 부족해. 물리적으로 불가능하다고. 자업자득이지 뭐."

"우리를 믿고 끝까지 함께했다면…. 한 마리라도 더 살아서 나갈 수 있었을 텐데…."

"네즈는 확실히 뛰어나. 네즈의 계획대로 따랐다면 대부분 살아서 이곳을 나갔을 테지. 하지만 평범한 녀석들에게는 그런 이성이나 논리가 통하지 않아. 네즈가 아무리 한 발 앞서서 예측하고 계획한다 해도, 그것이 진실이라고 해도. 녀석들에게는 보이지 않고 들리지도 않아. 녀석들에게는 눈앞에 놓여 있는 것만이 존재할 뿐이야. 그건 인간이고 짐승이고 마찬가지야."

네즈는 잠시 눈을 감고 생각하더니 천천히 입을 열었다.

"타나카 씨, 갑시다. 더 이상 지체할 수는 없어요. 알아듣는 녀석들만이라도 데리고 빨리 떠나요."

요이치는 벌써 저만치 앞쪽에 있었다. 친위대의 부축을 받아 엘리베이터로 향하고 있었다. 요이치가 타나카를 불렀다.

"어이, 영감! 빨리 엘리베이터 문이나 열어두라고."

"어휴. 이 상황에서도 그저 혼자만 살겠다고…."

타나카는 언제나 그랬듯 요이치가 듣지 못할 정도의 아주 조용한 목소리로 중얼거렸다.

- 8 -

네즈가 아지트에 합류하고 며칠 후부터였다. 타나카는 연구소의 구조를 일일이 확인하기 시작했다. 네즈의 부탁으로 연구소를 빠져나갈 길을 찾고 있었다. 일주일이 지났을 때 타나카가 말했다.

"지상으로 갈 수 있는 길은 딱 한 군데뿐이야. 네즈의 예상대로야."

"역시 그런가요."

"응. 엘리베이터뿐이야. 다른 어떤 곳도 금속판으로 막혀 있는데다 틈새가 보인다 싶어 올라가다 보면 끝이 보이지 않아. 길이 있어도 없는 것과 마찬가지야. 절대로 걸어서 이동할 수 있는 거리가 아냐."

타츠야 일행이 처음 이곳에 도착할 당시, 눈은 가려져 있었지만 엘리베이터의 속도가 굉장히 빠르다는 것 정도는 알 수 있었다. 그럼에도 한참을 내려갔다. 아마 적어도 수십 층은 될 것 같았다. 타나카의 조사에서도 그 높이를 가늠할 수조차 없을 정도였다.

결국 엘리베이터가 지나는 통로만이 지상으로 올라갈 수 있는 유일한 길이었다. 문제는 그걸 조작할 수 있는 카드를 지닌 사람은 모리야마 박사밖에 없다는 점이었다. 하지만 건물과 그 설비에 일가견이 있는 타나카가 한참을 고심한 끝에 방법을 찾아낼 수 있었다.

네즈와 타나카는 엘리베이터를 향해 이동하고 있었다. 복도 곳곳에 쥐들의 시체가 굴러다녔다. 환풍구에서 미리민 삐져나온 시체도 보였다. 눈을 뜬 상태로 고개는 비스듬하게 꺾여 있었다. 붉은 눈은 이미 생기를 잃은 상태였다. 죽기 직전까지 발버둥 쳤음에도 괴물 쥐로부터 벗어나지 못한 것으로 보였다.

네즈는 착잡한 심경이었다. 그래도 주변에 숨어 있는 쥐가 있을까 하고 목이 터져라 외쳤다. 시간이 없다. 이제는 연구소 밖으로 나가야 할 때다. 아지트를 나오기 전에 모두에게 전달한 내용이었지만 이미 그들의 머릿속에서는 사라진 지 오래인 듯 보였다. 엘리베이터에 도착했을 때 그의 뒤를 따르는 쥐는 열 마리도 채 되지 않았다.

요이치가 화를 냈다.

"왜 이리 늦어. 그렇게 말한다고 올 녀석들이면 처음부터 도망가지도 않았어."

타나카는 불똥이 튀기 전에 빠른 동작으로 출입문과 엘리베이터의 틈 사이를 파고들었다. 잠시 후에 출입문이 열리고, 요이치와 친위대가 먼저 올라탔다. 나머지 쥐들이 모두 탑승한 것을 확인한 네즈는 승강기 안으로 들어가면서 복도 끝에 설치된 시계를 확인했다. 3분 정도 남은 것 같았다. 엘리베이터는 빠른 속도로 상승하기 시작했다. 정상까지 가는 데 걸리는 시간은 1분도 채 되지 않을 것이었다.

"휴."

네즈는 안도의 한숨을 내쉬었다.

줄곧 네즈를 바라보던 요이치가 입을 열었다.

"내려."

"뭐?"

"못 들었어? 내리라고."

이 정도 속도로 상승하는 엘리베이터에서 내려서 어디로 가란 말인가. 네즈는 기가 막혔다.

"이제 넌 필요 없어."

네즈는 시간을 끌어보려 했다.

"그건 좀 어렵겠는데?"

요이치가 친위대에게 발짓을 했다. 그들은 잠시 망설이는 듯했지만, 요이치가 재차 발짓을 하자 순식간에 네즈를 포위해버렸다. 그때였다. 어디선가 기분 나쁜 기계음이 울리기 시작했다. 처음에는 아주 작은 소리였는데, 횟수를 더할수록 점점 커지고 있었다.

철컥 철컥 철컥….

타나카가 소리쳤다.

"세기랄! 진원 공급이 중단되고 있어!"

끼이이익.

덜컹.

내부의 불빛이 사라짐과 동시에 엘리베이터가 강하게 흔들렸다. 잠시 후 흔들림이 멈추고 쓰러진 쥐들이 하나둘 몸을 일으켰다. 네즈와 요이치는 이미 엘리베이터의 천장을 빠져나가는 중이었다.

네즈가 먼저 엘리베이터의 지붕 위로 올라왔다. 고개를 들어 위쪽을 쳐다보았다. 빛이 새어 들어오고 있었다. 그렇다면 출구가 멀지 않다는 뜻이었다. 벽을 타고 달리려는 순간 뒤따라 올라온 요이치가 몸을 날렸다.

네즈는 순간적으로 칼을 뽑아 반격하려 했지만, 요이치가 조금 더 빨랐다. 칼은 아직 네즈의 발에 있었다. 하지만 요이치가 네즈의 위에 올라타서 칼을 빼앗으려 하고 있었다. 네즈의 계산대로라면 이제 1분 남짓이었다. 이러고 있을 시간이 없었다.

“요이치! 이대로라면 둘 다 위험해. 시간이 없어!”

“무슨 소리야? 나는 곧 올라갈 거야.”

대화가 되지 않았다. 네즈는 있는 힘을 다해 몸을 비틀었다. 요이치는 균형을 잃었지만 네즈를 잡은 발을 놓지 않았다. 둘은 하나의 덩어리가 되어 뒹굴었다. 몇 바퀴를 돌았을 때 날카로운 칼날이 무언가를 관통한 듯 힘찬 소리를 냈다.

푸욱! 털썩.

그리고 폭발음이 들리기 시작했다.

한 번, 두 번, 세 번…. 폭발은 점점 거세어졌다.

5
에필로그

곳곳에서 터져 나오는 폭발음. 아래쪽에서부터 올라온 불길은 건물과 그 일대를 집어삼키고 있었다. 소방차와 헬기는 계속해서 물을 실어 나르고 있었다.

주변 건물에 비해 유달리 높이 솟아오른 건물. 그 건물 옥상의 난간. 거기에는 쥐 한 마리가 꼿꼿이 서 있었다. 마치 먼 곳을 보면서 생각에 잠겨 있는 듯. 어딘가를 뚫어지게 바라보는 쥐 한 마리가 서 있었다. 기이한 광경이었다. 그 장면을 본 순간 타카시는 생각했다.

'저건 마치 사람 같잖아.'

망원경의 렌즈를 지나 타카시의 눈에 비친 쥐의 모습은 영락없는 사람의 그것이었다. 좀 더 자세히 살펴보았다. 그 쥐의 몰골은 말이 아니었다. 흰색 털을 가진 쥐였는데, 여기저기 상처를 입은데다 그을음까지 더해져 시궁창에서 막 기어 나온 것 같은 모습이었다.

건물의 북동쪽 상공에는 한 대의 헬기가 떠 있었다. 파일럿과 책임자로 보이는 사람이 앉아 있었다. 문이 열린 상태로 로프가 걸려 있었다. 구조대가 이미 내려간 것으로 보였다. 아래쪽은 숲으로 둘러싸여 있었기 때문에 자세한 상황은 알 수 없었다.

그렇게 생각하는 순간 쥐가 강하게 고개를 흔든 것 같았다. 그러고는 다시 멍하게 그곳을 바라보았다. 당장이라도 두발로 달려갈 것 같은 느낌이었다. 몇 초 후 그 쥐는 보통의 쥐와 같이 네발로 뛰어가기 시작했다. 한쪽 다리를 조금 저는 것처럼 보였다. 타카시는 쓴웃음을 지었다.

'하하. 내가 대체 무슨 생각을 하는 거야? 쥐가 사람처럼 생각하고 움직일 리가 없지.'

"안녕하세요? 선배!"

밝고 싱그러운 여성의 목소리가 타카시를 현실로 데리고 왔다. 같은 과의 1학년인 아키였다.

"에휴. 또 그러고 있어요?"

"내가 뭘…."

"그렇게 훔쳐보는 거 좀 그만하세요. 직접 부딪치세요. 직접!"

'역시 귀여운 구석이라곤 하나도 없는 녀석이야.'

그렇게 생각하면서 건성으로 대답했다.

"네네…."

"후훗. 오늘은 재네들로 실험하나요?"

"응, 그래."

타카시는 투명한 상자 안을 분주하게 움직이고 있는 작은 생명체를 바라보았다. 붉은 눈에 흰 털을 가진 작은 쥐 두 마리였다. 그는 지금까지 모르모트를 재료로 사용한 실험에 여러 번 참여해왔다. 대부분은 교수님의 보조 역할이었다. 오늘도 그럴 계획이었다. 불현듯 타오르는 불길 속에 홀로 서 있던 쥐의 모습이 그의 뇌리를 스쳤다.

그 쥐는 불길 속에서 무사히 벗어날 수 있을까. 이유는 알 수 없지만 꼭 그 쥐가 살아남았으면 좋겠다고 생각했다. 어쩐지 오늘 실험은 내키지가 않았다. 앞으로도 그런 일을 수없이 반복하겠지만 오늘만큼은 아니었다. 그는 다시 우리 안을 바라본다. 그러고는 손바닥을 펴고 쥐 한 마리를 살포시 올려놓았다. 녀석은 영문도 모른 채 타카시의 손바닥 위에서 고개를 갸우뚱하고 있다.

타카시는 고개를 돌려 꾀죄죄한 쥐가 서 있던 난간을 바라보았다. 그때의 쥐는 이미 어디론가 가버린 후였다. 불길도 이제는 다 잡힌 듯 보였다. 그 자그마한 눈동자에 비친 하늘은 어떠한 모습이었을까. 푸른 하늘과 그곳을 지나는 하얀 구름만이 그의 눈동자에 스며들고 있었다.

모르모트

초판 1쇄 2021년 6월 22일

지은이 피피마루

발행인 유철상
책임편집 유철상
디자인 여혜영
교정 유은하
마케팅 조종삼, 윤소담
콘텐츠 강한나

펴낸곳 상상출판
주소 서울특별시 성동구 뚝섬로17가길 48, 성수에이원센터 1205호
(서울특별시 동대문구 왕산로28길 39, 1층)
구입·내용 문의 | 전화 02-963-9891 팩스 02-963-9892
이메일 sangsang9892@gmail.com
등록 2009년 9월 22일(제305-2010-02호)
찍은 곳 다라니
종이 ㈜월드페이퍼

ISBN 979-11-90938-74-7(03810)

www.esangsang.co.kr